# Индия без Ганди

*От Эй Рама до Рама Раджьи - понимание того, что делает эту страну чудесной, как мираж, с Ватаном, Варди, Замиром*

Translated to Russian from the English version of India without Gandhi

Mitrajit Biswas

Ukiyoto Publishing

Все глобальные права на публикацию принадлежат

**Издательство Укийото**

Опубликовано в 2024 году

Авторское право на содержание © Митраджит Бисвас

**ISBN 9789364942881**

*Все права защищены.*
*Никакая часть этой публикации не может быть воспроизведена, передана или сохранена в поисковой системе в любой форме любыми средствами, электронными, механическими, копировальными, записывающими или иными, без предварительного разрешения издателя.*

*Были заявлены личные неимущественные права автора.*

*Эта книга продается при условии, что она не будет предоставляться во временное пользование, перепродаваться, приниматься напрокат или иным образом распространяться без предварительного согласия издателя в какой-либо форме переплета или обложки, отличной от той, в которой она опубликована.*

www.ukiyoto.com

Александр сказал своему полководцу Селевку Никатору, который был первым известным чужаком, прибывшим на субконтинент для расширения своей империи, "*Действительно, Селевк, это такая странная страна*".

**Из исторической пьесы Двиджендралала Рэя "Чандрагупта", написанной в 1911 году**

# Содержание

| | |
|---|---|
| Часть 1. Феодальное общество и государственное строительство | 1 |
| Путешествие по закоулкам памяти | 2 |
| Сочетание двух идей, воплощенных в двух разных цветах. | 6 |
| От Джинны до Ганди через Тилака, Голвалкара и Саваркара, соединяющих индуистскую идентичность, Джан Санга, RSS и Рам Раджью - часть 1. | 10 |
| От Джинны до Ганди через Тилака, Голвалкара и Саваркара, соединяющих индуистскую идентичность, Джан Санга, RSS и Рам Раджью - часть 2. | 15 |
| Экономика индийской политики на местном, региональном и национальном уровнях: Politico Economus | 21 |
| Вы слышите Индию или Бхарату? | 25 |
| Часть 2: Создание нарративов и установление социальных ориентиров. | 30 |
| Изменить способ изложения истории; не имеет значения, для кого или кого? | 31 |
| Влияние на общество посредством коммуникации в меняющиеся времена | 34 |
| Среди Гитлера и Сталина: за Трампом и Путиным - новая Индия | 37 |
| Станьте переменой, отбросьте старое и освободите место для: Разошлись ли мы с нашими мечтами о тех, кто проливал кровь за нашу свободу и самоуправление? | 41 |
| Экономика Ганди, переезд сельских жителей в новую индустриальную страну и миллиардер Радж | 44 |
| Индийская политическая лига (IPL) Индии от Эй Рама до Рама Раджьи | 48 |
| Часть 3: Загадка Индии, где прошлое встречается с настоящим в надежде на лучшее будущее. | 51 |
| Мифология, легенды и социально-политическая дилемма Индии | 52 |
| Индия - страна, где можно доказать, что ты - Вини, Види, Вичи?!: В погоне за спортивной и культурной славой. | 55 |

Эк Бхарат, Шреста Бхарат: Одна нация - одни выборы, единый гражданский кодекс, упрощается ли концепция Индии "Разнообразие в единстве"? 58

Часть 4: Танец демократии? 63

СМИ - четвертый столп, или роль носильщика циркового хлыста в условиях демократии, похожей на кенгуру: безопасность пищевых продуктов, демократия или индекс свободы СМИ - почему мы скатываемся вниз? 64

Кумовство, говорят некоторые, талант или меритократия позже, так откуда же берется демократия в Индии? 67

Чудо управления нацией в стране-головоломке 70

Более 1,4 миллиарда человек, здесь важен размер! а качество не так уж и важно? Как разгадать головоломку 3Р+С (бедность, загрязнение окружающей среды и численность населения плюс коррупция) для равноправного роста и развития 73

Мы вышли в космос из страны коров благодаря храбрости немногих, и куда мы направляемся дальше в технократическом мире? 76

Мы хотим быть страной молодых стартаперов, но достаточно ли мы для них делаем? 79

Роти, капда, макаан (Еда, одежда, кров) и всеобщее здравоохранение и образование по-прежнему остаются за Дхарамом, Джати и Дешбхакти (религия, каста и национализм), за Ватаном, Варди и Замиром (Нация, униформа и совесть). 83

Вывод 86

# Часть 1. Феодальное общество и государственное строительство

# Путешествие по закоулкам памяти

Давайте начнем с некоторых личных воспоминаний, которые у меня были. За эти годы я познакомился с несколькими иностранными друзьями и гостями. Некоторые упоминали такие высказывания, как "все ли индийцы такие же маленькие, как вы" (имея в виду меня, невысокого парня). Некоторые спрашивали меня, почему мы не говорим по-индийски и как получается, что здесь так много разных культур. Этот факт был по достоинству оценен некоторыми другими друзьями из-за пределов Индии. Есть много книг, которые были написаны об Индии, пишутся в настоящее время и будут написаны в будущем. Природа страны Индия, вокруг других названий которой до сих пор ведутся споры, претерпела изменения, которые могут определить, понять и проанализировать лишь немногие. Я могу честно признать, что не способен ни на то, ни на другое. Однако идея понимания Индии находится за пределами понимания, если смотреть на нее с единой точки зрения запада. Индия всегда присутствовала в сознании,[1] что было проиллюстрировано учеными во многих работах. Однако нюансы культурного разнообразия всегда были вопросом, который можно было бы рассмотреть с разных сторон, но который, возможно, не дает полной культурной картины. Вопрос Индии о том, что ее нельзя считать единой нацией, теперь полностью опровергнут, поскольку это, конечно, была колониальная выдумка. Элемент четко или нечетко очерченной границы после раздела, национальный гимн, сочиненный *Рабиндранатом Тагором*, который вызвал немало споров, поскольку был написан к визиту *короля Георга V* -[2] утверждение, которое не может быть установлено с уверенностью, национальный флаг, дизайн которого менялся до того, как был принят. в нынешнем виде. Однако многие уже рассказывали об Индии как о стране, какой она была, но, самое главное, какой она может стать. Да, об Индии говорят как о постколониальной нации, однако, если мы

---

[1] Джавахарлал Неру, 1946, "Открытие Индии", стр. 37, Оксфорд.
[2] Восхваляет ли национальный гимн Индии британцев? - BBC News

проследим происхождение Индии, все это восходит ко временам Гондваны, суперконтинента, на котором был субконтинент Индия. Сегодня субконтинент может быть разделен религиозными различиями, культурными отличиями, языковым разнообразием, а также этническими соображениями, однако есть определенные вещи, которые связывают субконтинент воедино, а именно политический курс, который был сформирован на протяжении веков до настоящего времени и вполне может сохраниться в будущем. Концепция рассмотрения сложных идеологий современного субконтинента восходит к истокам, с которых все началось. Индия, если и следила за стадией эволюции, то только до появления Homo Sapiens, который через несколько лет эволюционировал от камня к железу, что позже привело к возникновению знаний и цивилизации. Это хорошо задокументированный факт, что политическое общество было побочным продуктом более ранней эволюции общества. Время от времени возникают споры о том, была ли долина Инда старше дравидийской цивилизации или нет [3]. Однако давайте теперь обратимся к сегодняшнему политическому обществу Индии и к тому, как оно формировалось в прошлом, развивается сегодня, но никогда не знаешь, что ждет нас в будущем. Эта идея заключается в том, что Индия в современном виде имеет важные связи с прошлым и может стать таковой в будущем. Индийская политическая система развилась сегодня как система, оставшаяся в наследство от феодализма и колониализма. Если мы посмотрим на истоки индийской политики, то увидим, что она никогда не была линейной, как это характерно для многих других стран. Идея индийской политики была на переднем крае с самого зарождения долины Инда и дравидийской цивилизации. Всем известно, что истоки индийской политической мысли в форме собрания сочинений следует отнести к Чанакье Каутилье и его труду, известному как "Артха шастра". [4] Каждая политическая система в каждой стране всегда должна была строиться вокруг общества, так

---

[3] *Древние дравидийские языки в цивилизации Инда: ультраконсервативное слово на дравидийском языке раскрывает глубокую лингвистическую родословную и поддерживает связь между генетикой, гуманитарными и социальными науками (nature.com)*

[4] *Муза проекта - "Артхашастра" Каутильи о войне и дипломатии в Древней Индии (jhu.edu)*

же как общество строит политику. Большая восьмерка ИМПЕРИЙ индийского происхождения, пусть и не в строгом смысле этого слова, которая начинается с *маурьев, гуптов,* Чолов, *Делийского султаната, маратхов, раджпутов, империи Виджаянагар и Великих Моголов,* была сформирована и уничтожена колониальными захватами [5] **англичан**. Здесь меня, возможно, остановят и исправят, потому что султанат Раджпутов и султанат Дели не были непрерывной и единой империей, но, имея общие черты, в меньшей или большей степени связанные с государственными переворотами, тихими убийствами, продолжались как династические империи в более широком смысле с феодальной системой. Король или император, стоявший во главе державы и имевший феодальных вассалов для контроля за территориями, был системой, которая не претерпела серьезных изменений до тех пор, пока в Индию не пришла западная форма политической системы. Идея европейской политической мысли была глазурью на торте на последних этапах политического развития. Однако я не хочу тратить слова на то, что и так хорошо известно. Возникает реальный вопрос о том, как сегодняшняя индийская политическая система превратилась в гибрид демократии, основанной на феодализме. Уже упоминалась идея феодализма, которая была глобальным явлением и использовалась при создании величайших империй или династий в Индии. *Важная книга Джареда Даймонда* "**Оружие, микробы и сталь**" подчеркивает важность промышленной революции на Западе и ее огромное влияние на западное общество, в частности, ликвидацию феодальной системы, хотя монархия осталась, и новое понимание демократии действительно начало проникать в западный мир. Власть народа была тесно связана с обществом, основанным на капитализме, что, хотя и приносило пользу элите промышленников, но также открывало широкие массы для новой волны предпринимательства и возможностей деловой хватки. Таким образом, упомянутая выше книга определенно подчеркнула важность широкомасштабных научно-технических инноваций, совершивших качественный скачок, который затронул и

---

[5] *Пять величайших империй Индии всех времен* | The National Interest

политические основы общества. Никогда нельзя упускать из виду эту распространенную во всем мире идею смены парадигмы, которая уничтожила традиционный совет министров, избиравшийся и не избираемый, или иерархическую модель феодализма, которая получила похоронный звон. Однако в Индии смешалось так много различных систем, что невозможно просто провести четкое разграничение между местной и западной системами в четких рамках. Они скорее представляют собой слияние двух мыслительных процессов, подобно речным водам, которые, несмотря на слияние, все еще имеют разные цвета, чтобы сохранить свою самобытность. Индия привыкла верить в свою древнюю цивилизацию, которая зарождалась и развивалась на севере и юге Индии, а также даже на востоке и западе Индии, что сделало эту нацию такой, какая она есть сегодня. Она истекала кровью и была изранена, но, возможно, чудесные качества этой нации никогда не ослабевали, что позволило этой уязвимой нации выжить, обозначив свое место.

# Сочетание двух идей, воплощенных в двух разных цветах.

Хорошо известно, что индийская политическая система осталась в наследство от колониальной и феодальной систем. Недавние изменения в Уголовном кодексе Индии, который, предположительно, заимствован из ирландской системы, были внесены более чем через 150 лет. Однако это изменение носит косметический характер, поскольку разделы были только перенесены из предыдущего раздела в другие разделы в новой компоновке. Даже полицейская система, которая в ее нынешнем виде представляет собой гибрид колониальной и феодальной систем, все еще ориентирована на кастовую иерархию в более широком контексте. Теперь, возвращаясь к политической системе, отметим, что крупнейшая демократия в мире, которой является Индия, все еще страдает от проблемы представительства, и то, как работает механизм голосования, возможно, является началом и концом нашей демократии. Теперь позвольте мне вернуться к вопросу о средствах массовой информации, которые, как и во многих других странах, в Индии, как и прежде, должны быть средством критики политической системы и зеркалом общества. Таким образом, политический вопрос больше похож на стиль самоуправления заминдаров в наше время, когда голосование на выборах стало новой нормой влияния. Избирательная система в сельской местности, по-видимому, все еще функционирует на основе синдромов среднего возраста, когда заминдары или так называемые феодалы, или, возможно, короли, были заменены политической системой, назначающей сильных мужчин и женщин, а также в области силовой политики. Государство выступает в качестве посредника или, скорее, способствующего и сотрудничающего фактора для навязывания динамики власти. Это можно критиковать за редукционизм и обобщение, но, принимая во внимание щепотку соли и даже предвзятость, это правда, что демократия Индии в ее истинной форме все еще остается неудовлетворительной, когда дело доходит до вопроса представительства. Слово "представительная демократия" действительно является тем, чем оно остается в крупнейшей демократической стране мира - Индии. На Западе также было несколько критических замечаний в адрес демократии, начиная с зарождения фашизма и заканчивая подъемом неофашизма, но в западном мире он снова был несколько иным. Возвращаясь к Индии, где существуют традиции демократии на восточный манер, основанные на дискуссиях и обдумывании, несмотря на хвастовство, чувствуется, что это оболочка демократии в более широком контексте [6]. Средний класс, который часто называют классом крупного рогатого скота, - это те, кто мог бы не сильно заботиться о здоровье демократии, а скорее работать по принципу *"Теории невидимой руки"*, работая на себя, что может принести пользу обществу и более широкому сообществу за счет эффекта просачивания. Индийская политика прошлых лет была кульминацией координации деятельности местной администрации, которая зависела от короля и его совета министров, по крайней мере, в более широком смысле. В эпоху *цивилизации долины Инда* динамика политической жизни также зависела от горстки членов совета. Политика субконтинента, которая развилась до сегодняшней формы, имела определенные общие элементы с точки зрения королей и совета министров или совета людей, которые были либо пожилыми, либо считались мудрыми, несмотря на религиозные различия. Как я упоминал ранее, в настоящее время Индия представляет собой гибридную модель феодальной и колониальной политики. Проблема, связанная с такого рода моделью, также неоднократно проявлялась там, где государственные институты, такие как судебные органы, полиция и даже бюрократия, являются пережитками колониализма. Шаги Индии на пути к демократии - это не порыв веры, а постепенный процесс. У Индии были представления о демократии, которые, возможно, не совсем соответствуют представлениям о том, какой сегодня является вестфальская демократия в Европе [7]. Тем не менее, концепция индийской демократии или политической

---

[6] *The Wire: Новости Индии, Последние новости, Новости из Индии, Политика, Международные отношения, Наука, Экономика, Гендер и культура*

[7] *Вестфальский (ecfr.eu)*

системы призвана отразить идеи многообразия, которые в Индии выражены если не так сильно, как в Африке, то не менее ярко, в значительной степени. Именно в этом заключается то, что демократия Индии подобна мозаике, которая возникла на протяжении тысячелетнего пути нации, прошедшей через тысячелетия перемен и эволюции. Индия проделала немалый путь за этот период, который был полон культур, крови и конфликтов, и все же сегодня Индия представляет собой нечто большее, чем калейдоскопическую или мозаичную кульминацию различных культур. Нет определенного рисунка или цвета, который можно было бы назвать доминирующим, но сочетание узоров и цветов различных узоров - это то, что представляет Индию в ее нынешнем виде. Демократический процесс, который существовал в эпоху раннего *ведического периода* или *цивилизации Инда*, был тем, в чем жители деревни выступали в качестве заинтересованных сторон[8]. Однако на более поздних этапах в различных королевствах Индии развилось чувство иерархии. Эта иерархия - то, что было осложнено кастовой системой и колониальным наследием, о чем я постоянно говорил. Таким образом, в целом идея политической динамики основана на династической политике, которая имеет более сильную противоположность региональной или общеиндийской политике, основанной на религиозной идентичности, и то, и другое можно увидеть в Индии. Идея региональной политики тесно связана с прошлым демократии, которая превратила Индию в страну, где сходятся идентичности, но сохраняется единая естественная идентичность. Затем на следующий уровень выходит национальная идентичность религиозной политики, которая набрала обороты за последние два десятилетия под названием **Бхартия Джаната Парти (БДП)**, крупнейшей партии в мире по количеству членов, превосходящей **КПК (Коммунистическую партию Китая)**. Политическая идентичность Индии в настоящее время динамично меняется и полностью трансформируется от идеалов Ганди, эволюционирующих в идеи Тилака. Идея демократии в Индии

---

[8] *Демократии Древней Индии* / LES DEMOCRATIES ANCIENNES DE L'INDE на JSTOR

заключается в трех уровнях: косвенном, частично прямом - косвенном и прямом непосредственно. Выборы президента Индии проходят совершенно непрямым путем, поскольку конституция не позволяет президенту быть чем-то большим, чем просто номинальным главой государства. На следующем уровне происходит самый сложный процесс, который на бумаге может показаться простым и понятным, но в Индии он приобретает совсем другое значение. Индия хочет дорожить своей демократией и хвастаться ею, с гордостью называя себя "**крупнейшей демократией в мире**". Однако недавний индекс здоровья демократии поставил нас в один ряд с Нигером, что, безусловно, неудобно для такой страны, как Индия, которая хочет и заигрывает с Западом из-за своих предполагаемых демократических принципов. Принимая во внимание, что нас называют электоральной автократией, которая, безусловно, не устраивает нынешнее правительство, планирующее создать свой собственный индекс демократии. Что ж, Индия, конечно, не хотела бы быть "*демократией толпы, созданной толпой и для толпы*", у которой есть реальный шанс.

# От Джинны до Ганди через Тилака, Голвалкара и Саваркара, соединяющих индуистскую идентичность, Джан Санга, RSS и Рам Раджью - часть 1.

Вопрос о политическом развитии Индии, как упоминалось ранее, поднимался на различных этапах правления династий и королевств, которые правили нами до окончательного колониального периода. Однако в этом есть и свой нюанс, который подробно обсуждался в таких работах, как "Индейцы", в которых прослеживаются следы происхождения Индии как современной нации, которую нельзя измерить только черно-белым цветом, но которая обладает более чем цветовой гаммой мыслей. постиг. Хорошо задокументировано, что идея политического развития в Индии варьировалась от левого к правому, хотя всегда считалось, что это очень западная концепция, и в Индии ее не придерживаются. Хотя истоки идеологии политического спектра восходят к греческому парламенту, не следует забывать о нюансах индийской политической мысли. Истоки индийской политической мысли менялись на протяжении длительного периода времени. Однако доминирующий дискурс был сосредоточен на политической иерархии, основанной на варнах, которая обычно отождествляется с брахманической системой, развивавшейся или, скорее, берущей свое начало со времен *цивилизации долины Инда*. [9]Однако в книге, о которой я упоминал, также упоминается, что точные временные рамки возникновения политической системы, основанной на варнах, не могут быть указаны. Однако, если перейти к современности, то есть к колониальной эпохе, а затем к нынешним временам, то тоже возникал целый ряд мыслей о том, какой они хотели видеть Индию. Идея леворадикального

---

[9] *https://www.britannica.com/topic/varna-Hinduism*

гуманизма, который был более левоориентирован, чем даже коммунистическая программа, была выдвинута **М.Н. Роем**, который сам путешествовал по таким местам, как Мексика, чтобы сотрудничать с другими левыми. Кроме того, с точки зрения центристской политики, индийских икон немного трудно найти. Мы не говорим о конкретных персоналиях, но лидеры Конгресса, такие как **Сардар Патель** и даже **Джавахар Лал Неру**, могут быть включены в список, хотя первый может быть ближе к правоцентристам, а второй - к левоцентристам. Что касается **Махатмы Ганди**, то о нем можно было бы сказать, что он был центристом в истинном смысле этого слова, где его идеи склонялись влево, а иногда и вправо, но не так, как это можно было бы себе представить сегодня. Это скорее сводит идентичность к гордости за религию, на первый план выходит культурный этос. Схожие идеи можно увидеть и в том, как Вивекананда также подчеркивал идею индийской идентичности. С точки зрения политики, культурный дух важен, особенно в контексте такой многослойной страны, как Индия. **С другой стороны, Нетаджи Субхас Чандра Боуз** - идеальный пример современного центриста, в мыслительном процессе которого присутствовали элементы обоих спектров. С другой стороны, происхождение якобы индийского образа идентичности находилось в другом спектре левой политики, где философия эгалитаризма индийского образа жизни была заменена революционными идеями русской революции. Путь индийской политической мысли сегодня ограничен тем, что *Сангха Раштрия Сваям Севак* должна распространять в общественном достоянии. ***Самый интересный аспект Индии заключается в том, чтобы понять, что мы понимаем под понятием "Индия". Это тот, который связан только паспортом, флагом, национальным гимном и определенными западом границами?*** Эта часть, несомненно, является подарком колониальных хозяев или, скорее, способом формирования Индии в наше время. Однако как насчет идеи культурной среды и империй, которые вышли за пределы своих собственных границ и не были связаны Вестфальским договором о создании национального государства? Система Индии была подобна промокшей бумаге с отпечатками, оставленными их остатками, некоторые из которых хороши или плохи, во многом как тест Роршаха. Созданный дизайн - это то, что отличает Индию от других стран, поскольку в нем нет ничего конкретного или определенного. За исключением самого факта, есть только одна вещь, которая объединяет сегодняшнюю Индию - это ощущение общего прошлого, суета настоящего и мечта о будущем. Однако, несмотря на все это, существовал и присутствует сегодня правый политический спектр ревизионистской Индии в лице **R.S.S. (Раштрия Сваям Севак Сангха)**, который хочет, чтобы Индия была разработана и создана в форме идентичности, в которой существует единственная единая правда о стране. Индия - поистине чудесная страна, где никакое фиксированное определение не может определить ее, но ее можно увидеть или понять из понятия расы, которая может быть разделена на множество рас и тысячи подкаст, имеющих сложные взаимоотношения внутри. Однако привлекательность универсальной идентичности индуса в многонациональной стране - это то, что движет Индией не сегодня, а в течение многих лет, и в последнее десятилетие она только выходит на передний план. Истоки Индии всегда были в Санатане, где после появления современной человеческой цивилизации, с тех пор как Homo Sapiens начал появляться в самом конце существования неандертальцев, поклонение природе было на первом плане. Языческие формы поклонения, которые распространены в современном индуизме, считаются не язычеством, а действительно связанными с реальными глубокими узами с природой, которые обрели форму и стали сегодня символом политической идентичности благодаря сочетанию истории и фольклора [10]. У него также есть кастовые связи, которые маргинализированы, но сегодня стали частью национальной идентичности в форме пересмотра истории. Главная идея заключается не в том, чтобы забыть прошлое, а в том, чтобы сохранить идеи ушедших времен. Проблема современного политического спектра Индии заключается в том, что ни левые, ни правые не могут претендовать на легитимность с точки зрения

---

[10] *'Религиозная терпимость': Является ли индуизм политеистическим? Нет, утверждает религиовед Арвинд Шарма (scroll.in).*

того, что мы называем индийским. Лазейки существуют, и так будет продолжаться и впредь, но единственная идея индийской политической идентичности, которая соответствует всем без исключения, - это не впадать в крайности, а проявлять умеренность. Это можно увидеть по тому, как Будда, Ашока послевоенного периода, Акбар и Ганди придерживались определенных позиций. Однако возникает вопрос, который необходимо задать: не является ли также неправильным задавать определенные вопросы, которые имеют конкретную направленность и могут быть соотнесены с доказательствами? Эта страна стала кульминацией стольких событий и столь многогранной истории, что трудно выделить Индию из очень своеобразного спектра. Однако давайте вернемся к вопросу о политическом развитии Индии, которое претерпело серьезные изменения с появлением колониального влияния. Как отмечается в книге **"Индийцы: история цивилизации"**, история Индии не началась с колониальным пришествием и не закончилась вместе с ним. Сегодня, когда мы говорим о политической истории Индии, имя Ганди обычно выходит на первый план, наряду с **Амбедкаром, Нетаджи, Сардаром Пателем, Тилаком, Дадабхаем Наороджи, Неру, Индирой Ганди, Нарсимхой Рао, Манмоханом Сингхом** и **Нарендрой Моди**. Вопрос о политических взглядах индийцев можно рассматривать как вопрос родителей, которые видят, как растут их дети и внуки. Элементы остаются, но мутация продолжается до тех пор, пока доминирующие гены не возьмут верх. В сценарии множественных реальностей Индия - это страна, которая прошла через множество реальностей, как и многие другие более древние цивилизационные нации на своем пути. Возвращаясь к вопросу о древнем политическом руководстве Индии, можно сказать, что в древних ведических текстах и даже в более поздних пуранах или у таких реформаторов, как Гуру Нанак, Будда, *Кришна (исторический) и даже в "Рамаяне" и "Махабхарате"*, есть элементы политического знания, которые лишь поверхностно изучены. Философия политического знания, появившаяся в ранние годы благодаря Чанакье Каутилье, была отмечена как макиавеллистическая, которая находит применение и сегодня. Не стоит забывать, что индийская политическая мысль древних времен призывала к борьбе, доблести, а также к захвату власти, когда это было необходимо. Были великие завоеватели, которые разработали свою собственную систему правления, некоторые из которых пришли извне, а некоторые - изнутри региона. Они развили и создали систему, которая не была совершенной, и, несмотря на наличие лазеек и элементов анархии, существовала политическая система, которая соответствовала индийскому укладу. Индия на самом деле никогда не была полностью оккупирована ни сегодня, ни в прошлые годы. Действительно, европейские колонизаторы, особенно британцы, знали, как разбить общую картину на более мелкие составляющие, разделив их на местные, региональные и национальные. Как упоминалось в книге **"Индейцы"**, *британское* правительство знало, как использовать местных жителей, чтобы не дать региональным силам выступить против более масштабного дела и создать проблему, выведя другие региональные силы на национальный уровень. Теперь, когда мы упомянули о философских идеях и лидерах прошлого, давайте вернемся к Ганди, который предположительно известен как маяк современного массового лидера в контексте политики Южной Азии до окончания колонизации. Можно предположить, что другие индийские лидеры, которые были упомянуты, имели связи с Ганди, которые, возможно, были на одной волне с Ганди, а возможно, и не были его современниками, по-своему сражавшимися за национальную свободу.

# От Джинны до Ганди через Тилака, Голвалкара и Саваркара, соединяющих индуистскую идентичность, Джан Санга, RSS и Рам Раджью - часть 2.

Однако, помимо того, что его лицо было изображено на индийской валюте и он получил неофициальный титул Отца нации от Нетаджи, который, к сожалению, не пользовался благосклонностью из-за своих идей вооруженного движения сопротивления, а также был известен как Махатма, как называл его Рабиндра Нат Тагор, его политические мысли и философские позиции были явно выражены другими людьми. что-то, что британское правительство хотело сохранить для своего господства среди его когнитивной неразберихи. Ганди был символом индийского самоуправления, по крайней мере, с 1915 года. До этого идеи **Лал-Бал-Пала**, которыми были соответственно *Лала Ладжпат Рай, Бал Гангадхар Тилак и Бипин Чандра Пал*, или экстремистских индийских лидеров, черпавших вдохновение из философской мудрости прошлого, позже были вытеснены другой формой политической идеологии сатьяграхи и ненасилия, которые действительно находили отклик в обществе. с *Нельсоном "Мадибой" Манделой* в Южной Африке, но именно здесь мы должны заново просмотреть историю политической цивилизации Индии или всего мира. Война приносит мир, мир приносит слабость, а потом начинается война. Приводится пример *Ашоки* как светоча мира после его жестокой борьбы в *Калинге (современная Одиша)*. Именно благодаря идее тех людей, которые были вдохновлены мудростью прошлого, основанной на знаниях наших коренных народов, даже рискуя опустить литературу далитов и племен, у которых были свои собственные герои и фольклор, они попробовали свои силы с точки зрения различных подходов, чтобы донести до нас идею самоуправления посредством выхватываю его. Благодаря таким писателям, как *Викрам Сампат* и *Санджив Саньял*, в последнее время альтернативная история, если ее можно так назвать, выходит на первый план. На первый план выходят герои, у которых были свои идеи, которые не ограничивались только вооруженным сопротивлением и насилием, но у некоторых из них были способы создания новой экономической системы. *Нетаджи Бозе* - это тот человек, который всегда знал, какие идеи позаимствовать у европейской индустриальной цивилизации. Другие, такие как **К.Р. Дас, Багха Джатин**, некоторые из немногих в длинном и невероятном списке революционеров, были где-то похоронены за страницами и временной пылью исторического забвения. Возвращаясь к истокам политической идеологии Ганди, он представлял идею, в которой были элементы экономики, социального пробуждения, политического мыслительного процесса. Однако чего именно достигла его многократная пропаганда политического подхода, основанного на ненасилии? Хорошо. Наследие, доставшееся от гибридной колониальной политики правления всеми правдами и неправдами, поддерживало феодальную политику. Страна, которой манипулировала британская политика и которая использовала Ганди в качестве щита для сдерживания массового индийского сопротивления, была мастерским ходом. Индийский национальный конгресс с момента основания **Энни Безант** и **Алланом Октавианом Хьюмом** был предохранительным клапаном, которому британские колонизаторы были более чем счастливы услужить. Идею независимости Индии часто упрекают в том, что она обсуждается, а не принимается, и в этом есть доля правды, не проявляя при этом неуважения к страстной борьбе стольких борцов за свободу. Однако переговоры, которые в конечном итоге состоялись, прошли не по плану, поскольку страна подверглась кровавому разделению. Роль Ганди как умиротворителя двух общин оказалась в центре внимания белого землемера *Рэдклиффа*. Его жизнь в конечном счете оборвалась из-за имени человека по имени **Натурам Годсе**, что подводит нас к другому политическому спектру. Говоря о спектре, в стране, которая слишком разнообразна, невозможно найти общую идентичность с точки зрения расы, поэтому концепция "другого" может проявляться только в форме религии. Древние против захватчиков, и мы все знаем эту историю. Индия как нация всегда время от времени меняла свое политическое доминирование в региональной политике во многих местах. Тем не менее, были некоторые штаты и даже в центре, где вся политическая динамика происходила между двумя партиями, в основном, как в США и Великобритании, что нельзя назвать различием между левыми и правыми, а скорее умеренными *(читай, Индийским национальным конгрессом, поскольку они придерживались подобного подхода со времен британского владычества).* напористая *Би Джей Пи* **(партия Бхаратия Джаната)**, происхождение которой можно проследить до *Яна Санга*, созданного **Шьямой Прасадом Мукерджи**, всегда считала, что Индии присуща слабость, заключающаяся в том, что она не может быть объединена в рамках единой гордости за единую идентичность, которую европейские страны обрели давным-давно, и пришло время найти то, что будет в будущем. форма индуизма - не как религиозная идентичность, а как образ жизни. Идеи от Саваркара до Голвалкара всегда вдохновлялись от Италии до Германии, и их история объединения определила путь напористого национализма, который мог найти отклик у большинства, а не угождать многочисленному культурному разнообразию. Идея Индии всегда вызывала споры со стороны как левых, так и правых. С одной стороны, было леволиберальное крыло, а некоторые, вероятно, маскировались под то, чем они не являются. Эта глава подводит меня к вопросу о том, *"Что, почему, где и как вы определяете под Индией. Первый вопрос заключается в том, что вы понимаете под понятием "Индия" для людей, у которых было представление об Индии или, скорее, о Бхарат-Варше, существовавшей последние 5000 лет".* Идея о том, что **Индия**, или **Бхарата**, или Арьяварта**,** или **Джамбудвипа**[11]существовали как единое целое на протяжении примерно 5 тысячелетий. Ей не нужно было соответствовать идее британского пути или считать, что сегодняшняя Индия такова, какой она стала благодаря каким-то случайным признакам, оставившим после себя след раздела. Идея всегда состояла в том, чтобы определить и понять Индию таким образом, который не

---

[11] *Арьяварта: Арьяварта - Тяньчжу, Джамбудвип: Узнайте о пяти других названиях Индии | The Economic Times (indiatimes.com)*

соответствовал бы западным определениям и традициям. Вот тут-то и вступает в игру гордость индуиста или "*санатани*". Теперь давайте не будем отвлекаться от темы различий между индуистами и сантани, а обратимся к Индии в сравнении с Бхаратом и людьми, которые были названы в названии главы. Идея Индии со времен Тилака порождала идею Индии, которая была бы не раздробленной, а объединенной идеей индуизма. Роль касты и других различий не подвергалась сомнению. С тех пор много воды утекло через Ганг и роль индуизма с точки зрения его идеи и его роли в представлении Индии. Идея рассматривать Индию как конструкт западной формы территориализации, а затем воспринимать ее как нацию, никогда не приходила в голову таким лидерам, как **Тилак**, а затем **Саваркар** и **Голвалкар**, вплоть до образования **RSS (Рашприя Сваям Севак Сангха)** вместе с ее политическим подразделением, состоящим из *Джан Сангха*, которая теперь является сегодняшней партией **Бхаратия Джаната**. Борьба за душу Индии велась и до обретения Индией независимости, и даже после ее обретения. Изменился только шаблон и стиль его подачи. При ближайшем рассмотрении идея индуистской гордости в виде представления об Индии, имеющей историческую основу, возникла в Махараштре, где на протяжении длительного периода времени существовала гордая традиция всегда определять жизнестойкость. Задолго до того, как британцы смогли покорить нас, гордость *маратхов* представляла собой историю долгой борьбы с захватчиками как до, так и после обретения независимости, о чем упоминалось ранее. Это устойчивое отношение, подкрепленное сильным чувством самоидентификации, которое очень важно для любого движения, самоуважением, гордостью, стало объединяющим фактором индуизма как архаичного обобщающего термина. Сегодня вся идея Рам Мандира и Рам Раджьи, возможно, вызывает поляризацию, поскольку левые хотят отстаивать тонкости якобы органичного сосуществования индуистов и мусульман, нормализованного на протяжении веков, несмотря на кровавую историю. Однако линия индийской политики с ее неразберихой и хаосом в плане идентичности лежит где-то посередине. Концепция индийской политики на протяжении длительного периода истории вплоть до настоящего времени, по-видимому, основана на некоторых широких концепциях феодализма, колониальной системы и т.д. Кроме того, время от времени упоминаются такие имена, как **Ашока, Будда, Чанакья** и, конечно же, **Ганди** в колониальные времена, вплоть до **Нарендры Моди** в наши дни. Не стоит забывать упомянуть, что в политических дебатах упоминаются и другие политические лидеры, такие как **Перияр, Сардар Патель, Нетаджи Бозе, Неру** и даже **Джинна**. Однако представление об индийской политике и ее развитии представляет собой калейдоскоп, в котором одни цвета преобладают в большей степени. Цвета, если присмотреться, были бы больше похожи на то, как феодалы сейчас маскируются под династическую политику. Однако истоки такого рода политики можно отнести к длительному историческому периоду во время колонизации и после нее. Здесь даже не упоминаются исторические примеры более старых империй. Возникает вопрос о том, кто определяет индийскую политику, но как насчет следующего этапа индийской политики, если произойдут какие-либо изменения? Всегда остается открытым вопрос о том, как работает индийская политика, ответы на который даны во многих книгах. Представители высшего среднего класса с высокими чистыми доходами составляют сливки общества, низшие слои - это "банк голосов" в условиях "*халявной*" экономики, но как быть с зажатым в тиски средним классом, попавшим в бурю мемов и продолжающим жить своей жизнью? Именно так функционировала индийская политика, отличающаяся от династической политики, основанной на голосовании по банковским счетам, использующей власть и кастовые уравнения. Индия переживает период преобразований, и самое большое изменение заключается в том, чтобы покончить с кастовым уравнением и подразделениями, где формируется общая идентичность. Вот почему этот раздел был назван так, чтобы стимулировать дискуссию, основанную на идее вернуться к тому, с чего она началась со времен Тилака. Идея Индии, в которой сила единой идентичности играет важную роль, несмотря на ее недостатки и редукционистский подход. Представьте себе Индию, где любая мусульманская идентичность считается чуждой, которая может быть распространена даже на другие религии, даже если они имеют сходные корни с индуизмом. Ганди, который был связующим звеном между индуистами и мусульманами благодаря своему политическому подходу, такому как выравнивание *движения Халифат*, имел недостатки в умиротворении. **Нетаджи**, у которого были другие политические взгляды, создал инструмент правильного мультикультурализма и светскости в истинном смысле этого слова, пусть и на индийский манер, когда и где он создал индийскую национальную армию. Три военных генерала из разных конфессий, в том числе женщины, не связанные религиозной принадлежностью, - вот чего добился Нетаджи. Борьба, которую можно вести против противника той же монетой, как в военном плане, так и объединяя различные религиозные группы для оказания вооруженного сопротивления угнетателям. Использование волшебного решения в нужный момент во время второй мировой войны, когда британцы испытывали экономическое давление, привело к их поспешному отъезду. Что произошло впоследствии, мы все знаем историю о национальном герое, который остался в забвении, в то время как Неру получил пост премьер-министра и был разочарован подходом Ганди к умиротворению *Мусульманской лиги* и созданию Пакистана, который сам выступал за ненасилие, погиб в результате акта насилия, совершенного **Натурамом Годсе**. Человек, тем не менее противоречивый, но он был убежден, что переезд вместе со всеми стоил ему семьи, чему способствовал мир Ганди. Ганди действительно не смог остановить раздел Индии, но можно ли винить его одного? Неру, Джинна и еще до того, как в 1942 году был разработан план миссии Криппса, заключили сделку о разделе, чтобы обойти Джинну, мусульманина-англофила, и заключить сделку о субконтиненте.

# Экономика индийской политики на местном, региональном и национальном уровнях: Politico Economus

Индийская политика всегда вызывала удивление, если не озабоченность, тем, как нация, имевшая элементы хорошо развитой политической системы прежних времен, но затем разрушенная феодальной и колониальной деградацией, выживает как крупнейшая демократия в мире. Огромное количество людей, разнообразие, а также система, оставшаяся после религиозных расколов, проблемы кастовости все еще не смогли сломить Индию, хотя хорошо известно, что индийская политика и демократия несовершенны. Теперь, возвращаясь к заголовку темы, необходимо понимать, что, как и во многих развивающихся или постколониальных странах, идея политики погрязла в коррупции и силе мускулов (рабочая сила/мафиозный эффект, политические головорезы), деньгах и идентичности. Политика, основанная на развитии, во многом не достигла цели, поскольку Индия была и остается сельской или аграрной экономикой по сей день. Как и во многих странах, городской средний класс по-прежнему является той частью населения, которая остается за бортом многих политических процессов, где идея политических дебатов и обсуждения не учитывается. Хотя сейчас говорят о растущем индийском среднем классе, по иронии судьбы именно средний класс на самом деле не является объектом конкретных политических инициатив, в основном с прежних времен. Конгресс склонялся к низшим слоям населения без особых политических усилий в отношении средней части среднего класса. Это не новые факторы, которые не обсуждались ранее, однако идея состоит в том, чтобы подчеркнуть и понять, как работает демократия в многонациональной стране с некоторыми общими элементами при огромном населении в 1,5 миллиарда человек. В индийской политике, конечно, нет американской системы открытого лоббирования, но, по крайней мере, исходя из логики закулисных сделок, уже хорошо известно, кто контролирует центральную, региональную и местную политику. Роль промышленников, капиталистических держав невозможно переоценить. Однако, к сожалению, понятие маргинализированных мнений так и осталось маргинализированным, поскольку политика на местном уровне, вместо того чтобы быть голосом местного населения, адаптировалась к гибридной форме постколониальной политики. Система панчаятов, которая является наиболее близкой формой прямой демократии в Индии, превратилась в форму индизированной западной демократии, которая во многих отношениях уникальна для Индии. Использование колониальной системы печально известных бюрократов Индии, которые сдают один из "*самых сложных экзаменов в мире*", *является одним из ключевых столпов индийской администрации, у которой может быть много критических замечаний по поводу самой системы и уровня коррупции*". Тем не менее, нельзя отрицать, что идея состоит в том, чтобы вновь взглянуть на роль экономики в политике, которая играет важную роль в любой национальной системе. *Политика борьбы с бедностью* была модным словом в политической жизни Индии с момента обретения ею независимости, с тем сомнительным отличием, что в стране по-прежнему много бедных людей. Теперь еще предстоит выяснить, вышла ли она в настоящее время за рамки политики бедности. Ответ может быть как "да", так и "нет". Основная политика, связанная с бедностью, осталась неизменной, единственное, что изменилось, - это способы борьбы с бедностью. Индия, вероятно, является той страной, где богатство и процветание долгое время сочетались с крайней нищетой. Представление о безобразной бедности при чрезмерном богатстве было частью нашего апатичного отношения к обществу, в котором концепция кармы и страдания по-прежнему рассматривается в качестве утешения. Это правда, что вокруг бедности было много политических дебатов, и бедность также сократилась, даже с точки зрения многоаспектной бедности. Кроме того, можно утверждать, что бедность в абсолютном выражении не может быть устранена ни в одном обществе, поскольку дисбаланс ресурсов - это то, с чем приходится мириться. Однако идея о том, что политика связана с экономикой бедности, все еще звучит в Индии со времен *Гариби Хатао* ("Ликвидировать бедность"), не так ли? Это то, о чем нельзя сказать, что оно находится в стороне от индийской политики. Повествование изменилось с появлением нового взгляда на бедность, в котором поощряется роль гордости за себя и предпринимательского склада ума в преодолении проблем и неурядиц, связанных с бедностью как состоянием души. Повторяющаяся тема, которая звучит в выступлениях каждого политического лидера, будь то левый или правый. Что касается бюджета, используемого в качестве инструмента, то каждый год проводится много политических мер, направленных на поддержку этой демографической группы. Однако на фоне всех этих сессий, посвященных политике борьбы с бедностью, помимо риторики и выработки политики, реальная идея заключалась в создании этой политической идентичности. Бедность по-прежнему остается в центре многих политических дебатов, но сейчас произошла смена парадигмы, и она отошла на второй план, уступив место религии, кастовой принадлежности, регионализму, где бедность, безработица и все еще растрачиваемая впустую значительная часть молодежи и талантов находятся на периферии. Индийская политика эволюционировала, став более прохладной, благодаря социальным сетям, а также появлению нового элемента брендинга. Однако, несмотря на все это, основной культ личности был переосмыслен в индийской политике по-новому. Индия была разнообразной частью головоломки, в которой все ее части двигались по-своему. Федеральная структура нашей страны поистине уникальна тем, что региональные разногласия все еще связаны с концепцией индейства конституционным клеем. Когда мы знакомимся с новостями и нашей постоянно расширяющейся правовой базой, у нас возникают моменты разочарования, очень похожие на нашу индийскую политику, которая изобилует новостями о коррупции, и нам не хватает ярких моментов и смелых и честных политиков. Порой удивляешься сомнительным заявлениям, сделанным достопочтенными судьями высших судов, таким как "прикосновение кожи к коже может рассматриваться только как изнасилование" или "неестественный секс в браке разрешен, и согласие жены не имеет значения для верховного суда", но точно так же, как некоторые пятна на поверхности Луны не исчезают. то же самое относится и к нашей судебной системе, которая удерживает страну на верном пути и защищает нашу пошатнувшуюся демократию от погружения в полный хаос и анархию, что произошло со многими странами Азии и Африки. Наше нынешнее качество демократии может быть поставлено под сомнение, и оно должно быть поставлено под сомнение, поскольку это признак здоровой демократии. В конце концов, идея индийской политики, возникшая на основе колониальной системы, смыла большую часть старой доколониальной политической системы. Вопрос в том, не должны ли со временем наша политика и политическая система использовать массы для политики власти и динамики, в которой мы находимся сегодня, и не пора ли нам выйти за рамки подправленных видеороликов и политики постправды, которая заставляет нервничать всю нацию.

# Вы слышите Индию или Бхарату?

**Джана** или **джати** - концепция людей как нации или касты, которая разделяла людей на этом огромном пространстве, включая доколониальный Индийский субконтинент[12]. Хорошо задокументировано, что Джинна не думал, что название Индии будет принято, но это сделал Неру. С другой стороны, принятие этого названия вызвало много споров во время обсуждений в конституционной ассамблее. Там дискуссия не сфокусирована, скорее, дискуссия шла не только о названии, но и о новом классе *коричневых постколониальных* **"сахибов"** против прайда коренных народов, который ведет политическую классовую борьбу. Мир политики в Индии, если смотреть на него с макроуровня, остается прежним. Существует много споров о том, действительно ли была необходимость менять динамику названия, чтобы сохранить название Индия, или лучше было бы использовать другое название, например Бхарат. Однако, по иронии судьбы, споры о названии Индии и Бхараты продолжаются даже сегодня с точки зрения политических позиций. Как упоминалось ранее, идея состоит в том, чтобы играть в терминах политики идентичности, которая, с одной стороны, вышла за рамки кастовой и превратилась в религию, в то время как с другой стороны, была идея так называемого секуляризма. Так вот, был ли это на самом деле секуляризм или, как его саркастически называют, **"*сикуляризм*"**, означающий маскировку индийской политики инклюзивности, но также имеющий тонкие грани кастовости, является более широкой версией гибридной феодально-постколониальной политики, которую проводит Индия. К разделению экономики и социальной ситуации мы вернемся позже. Однако следует понимать, что название Индия, хотя и принято для глобальной перспективы, даже если многие говорят, что оно заимствовано из названия долины Инда, имеет разные

---

[12] *https://global.oup.com/academic/product/история доколониальной Индии 9780199491353?lang=en&cc=au*

политические коннотации. Конечно, у него также есть другой геополитический сценарий, например, название "**Индо-Тихоокеанский** регион" со словом "Индия", и, аналогично, название "Индийский океан" несет в себе ощущение легитимности этой современной нации, Индии, созданной на основе колониального опыта. Бхарат и люди, которые увлечены идеей возвращения названия, имеют представление о нашем национальном нарративе, основанном на цивилизации. Нация, которая существовала как разные **джати (этнические группы)**, но была объединена в сознании как **джана (народ)** или народ огромной территории. *Разногласия существовали, но они усложнились в период вторжений, хотя было бы глупо заключать их в широкие скобки, которые принадлежат мусульманам, а затем европейцам, особенно британцам и португальцам, в некоторых частях. Не говоря уже о том, что французы тоже были заинтересованы, но их влияние и значимость можно считать незначительными, так же как в некоторой степени влияние голландцев, датчан или испанцев.* Идея Бхараты с точки зрения современной политики Индии состоит в том, чтобы вернуть былую славу прошлого, не придавая значения западным системам мышления, а полагаясь на собственное представление о том, чего мы можем достичь, опираясь на наши местные знания, и для этого не нужны никакие ориентированные на Запад нарративы[13]. Религиозная принадлежность и кастовая принадлежность играют особую роль в этой политике, которая может быть оправдана, и это не то, от чего нужно убегать или стыдиться, а то, что тебя принимают. Теперь возникает экономический контекст, который мог бы показать нам нечто большее. Политический процесс, который тесно связан с экономическим статусом каждого человека в стране. Верховенство закона или закон правителей - вот вопрос, и ответ на него, как кажется, уже хорошо известен, когда речь заходит о такой стране, как Индия. Политический статус был феодальным и остается таковым по сей день. Выберите любое состояние, и вы найдете примеры, в которых иерархия работает. Даже если вы посмотрите на динамику иерархии иначе, чем в типичной брахманической структуре, именно там

---

[13] *Тематическая сессия | Правительство Индии, Министерство образования*

маргиналы получили власть в сегодняшней политической жизни Индии, можно применить ту же логику. Не стоит забывать, что политика Индии основана на религии и кастах. Демократия и народ в целом в Индии - что ж, мы, возможно, являемся классом крупного рогатого скота, где индивидуальные мнения, скорее всего, будут преобладать над массовой истерией политических мыслей. Тем не менее, Индия сумела создать свою собственную новую национальную политическую демократию. Трудность создания структуры в Индии заключается в ее истории и культуре, но она стала крупнейшей демократией в мире. Тем не менее, различия в разговорной речи между Ганди и Нетаджи были очевидны, но их совместные усилия по освобождению Индии стали основой единства в многообразии. Путь Индии как демократического государства характеризовался преодолением различных препятствий, таких как размер, языковая и религиозная неоднородность, а также социально-экономические различия. В этой стране также прошли успешные очередные выборы, на которых власть мирно перешла от одной партии к другой, что подчеркнуло силу и дееспособность ее политической системы. Однако, даже несмотря на эти недостатки, индийская демократия не совсем совершенна. Например, бывали времена, когда нация сталкивалась с политической нестабильностью, межрелигиозными конфликтами или региональными разногласиями. Не менее важно и то, что с ростом индуистского национализма и эрозией светскости проблемы в основном были сосредоточены на защите прав меньшинств и сохранении плюрализма в Индии. Тем не менее, несмотря на многочисленные проблемы, с которыми сталкивается эта страна, Индия сформировала новую национальную политическую идентичность, которая опирается на ее богатое культурное наследие и в то же время опирается на такие принципы, как демократия, секуляризм, социальная справедливость и другие. Закон был принят в 1950 году и предусматривает эффективное управление многогранным обществом посредством поощрения и защиты закрепленных в нем ценностей. Более того, граждане Индии сыграли важную роль в формировании ее демократии, неустанно борясь за свои права. Эта страна не смогла бы стать такой, какая она есть сегодня, без активных судебных органов, которые находятся здесь, наряду с динамичным гражданским обществом, следящим за тем, чтобы правительство было подотчетно людям, точно так же, как это делают независимые СМИ, которые публикуют новости, когда захотят.

Индия отмечает 75-летие с тех пор, как она обрела самоуправление; этот краткий период, несомненно, свидетельствует о том, что эксперимент с этой формой правления был успешным. Несмотря на все трудности, хотя и сложным остается существование плюралистического общества, в рамках которого Индия сохраняет свою разнообразную природу и в то же время умудряется поддерживать стабильный демократический режим, тем самым доказывая жизнестойкость и адаптивность своего народа и институтов. В будущем Индия должна продолжать придерживаться своих демократических принципов, защищая права человека населения и укрепляя экономическую справедливость.

Это могло бы показать другим государствам, которые желают построить всеобъемлющие, устойчивые демократии со сложными культурными традициями, как этого можно достичь. Строя планы на завтрашний день, Индия должна продолжать заботиться о том, чтобы в стране установилась демократия для ее собственных граждан. Если это укрепит эти основы, Индия может стать полезной моделью для других стран, которые пытаются создать демократические институты, способные вместить различные культуры.

История Индии, как крупнейшей демократии в мире, была полна триумфов и вызовов. В стране прошли регулярные выборы, мирная передача власти и динамичное гражданское общество. Однако по-прежнему существуют опасения по поводу защиты прав меньшинств, ослабления секуляризма и повышения экономического равенства.

Чтобы воплотить это в жизнь, Индия должна уделять приоритетное внимание поощрению и защите прав человека для всех, независимо от их расы, религии или социального статуса. Это также включает равный доступ к правосудию, свободу слова и самовыражения, а также право на инакомыслие. Если бы это было соблюдено, это помогло бы укрепить устойчивость демократических структур и способствовать терпимости и взаимному уважению по всей Индии.

## Часть 2: Создание нарративов и установление социальных ориентиров.

# Изменить способ изложения истории; не имеет значения, для кого или кого?

Общество в том виде, в каком оно развивалось вместе с человеческой цивилизацией, всегда было ориентировано на создание нарративов. Понятие "пропаганда" в том виде, в каком оно было известно во многих отношениях, существовало очень долгое время, со времен Римской империи. Идея создания нарратива также была на переднем крае создания политики идентичности в Индии. Книга под названием "Индия без Ганди" посвящена тому, как существовала идея нарративной политики. Идея партии конгресса в Индии сама по себе была основана на создании нарратива, в котором с помощью ирландца индийцам была предоставлена платформа для определения повестки дня выступлений от имени, что также означает концепцию создания нарратива, основанного на тогдашнем британском правлении. Идея состояла в том, чтобы продемонстрировать, насколько доброжелательным было их правление и как они дали туземцам или нам возможность высказаться. Однако еще до конгресса идея повествовательного сеттинга существовала от более ранних индийских королевств до колониальных времен и даже после обретения независимости. Каутилья, которого часто называют стратегом, также упомянул концепцию повествовательного сеттинга. Идея повествовательного сеттинга набирала обороты со времен колонизации, поскольку идея занять место кого-то другого всегда основана на повествованиях. Манипулирование повествованием всегда имело первостепенное значение для сохранения концепции превосходства, и эта идея сохраняется даже сегодня. Однако следует помнить, что формирование повествования всегда важно для создания общественного порядка. Не важно, для кого ведется повествование, важно, представлены ли они или нет? Что ж, на это следует обратить внимание, поскольку важно отметить людей, которых представляют, - они ли формируют повествование. Если нет, то в чем же тогда дело? Политические проблемы Индии, как и многих других стран, заключались в том, как выстраивать повествование и для кого оно предназначено. Ганди считался символом хариджей или неприкасаемых, которые во времена британского владычества боролись за свои права и пытались преодолеть барьер разделения и господства колонизаторов, и предоставление им отдельного места для представительства было только началом. Однако, несмотря на большую роль повествования и борьбы, всегда остается открытым вопрос о том, где были маргиналы. Люди, за которых шла борьба и которые нуждались в том, чтобы их голос был услышан. Аналогичная история происходит в контексте сегодняшнего сценария в Индии даже сегодня. Формируется новый мир, в котором идея политики теперь в большей степени онлайн, чем оффлайн, по крайней мере, в создании нарратива. Индия не является исключением из этой тенденции, и, возможно, с 2014 года эта тенденция изменилась. Идея создания истории всегда была важна, и ее последовательность, вероятно, будет такой же и в будущем. Однако важной частью истории является то, что рассказывается и кто управляет историей, даже если люди, которые являются ее частью, не являются ее частью. В 2014 году идея нового возрождения в плане рассказывания историй была более востребована, что не сработало в случае партии Бхартия Джаната во время кампании 2004 года. Было ли это из-за противодействия власти или из-за того, как была рассказана история о блистательной Индии под руководством **Лала Кришны Адвани**, которая не предвещала ничего хорошего, но предложение *"аче дин" (хорошие дни)* продавалось гораздо лучше при харизматичном **Нарендре Моди**, нынешнем премьер-министре Индии, который завершит свой хит-парад еще до того, как станет президентом. по мере написания этой главы и его знакового присутствия в качестве главного министра штата Гуджарат. Слово "культовый" было упомянуто здесь потому, что под его влиянием если не весь Гуджарат, то, по крайней мере, значительная часть Гуджарата преобразилась в результате промышленного скачка и развития инфраструктуры, а также инвестиций, особенно после того, как политическая система там была разрушена, и многие главные министры-неудачники один за другим отправились в путь.

Теперь, возвращаясь к вопросу о сюжетной сеттинге и рассказывании историй, человек, известный как **Махатма Ганди**, как упоминалось ранее, овладевал искусством рассказывать истории, которые могли бы заинтересовать людей в Индии, по крайней мере, в массовом масштабе. Путь колониальных средств установления контроля над коммуникацией и доведения послания до их сведения, но впервые доведенного до сведения индийцев, был применен Ганди в массовом масштабе, чего не мог сделать ни один другой лидер до него. Его личный стиль политики мог, был и, вероятно, должен подвергаться критике по усмотрению отдельного человека, не умаляя его вклада. Однако вопрос не в том, на чем следует заострять внимание, а в том, какое влияние оказывает рассказывание историй.

# Влияние на общество посредством коммуникации в меняющиеся времена

Индия - федеративное государство, и наладить коммуникацию, которая охватывала бы все регионы и границы, всегда непросто. Имя Ганди, каким мы все его знаем сегодня, стало известно благодаря тому, как он умел распространять свои идеи по всей стране. На него обрушилась изрядная доля критики, но его послание было распространено в форме массовых кампаний, голодовок. Этой идеи придерживался и наш нынешний премьер-министр, который знает большинство жителей Индии, и это дает нам чувство идентичности и заставляет нас чувствовать себя индийцами вместе. Идея общения со времен до Ганди, во времена доколонизации, была разрозненной, за исключением определенных периодов правления могущественных королевств или императоров. Коммуникационных технологий тогда еще не существовало, но связь существовала всегда. Индией всегда лучше управляли люди, которые принимали разнообразие, но вопрос об объединяющей идентичности всегда был определяющим фактором для всех коммуникационных планов, которые были у любого жителя Индии[14]. До колонизации, если вы посмотрите на мастеров планирования *Чанакью Каутирью и его протеже Чандрагупту Маурью*, у них были идеи о том, как управлять, а не общаться, как мы можем думать и знать сегодня. Империя гуптов распространилась, и, возможно, способ их общения заключался в создании чувства идентичности, которое заключалось в создании кастовой системы, основанной на профессиональных навыках и знаниях, а не на искаженной форме статичности. На юге **королевство Чола** распространило свои культурные

---

[14] *https://medium.com/@theunitedindian9/examples-of-unity-in-diversity-in-india-0edcd020a0d9#:~:text=India%2C%20with%20its%20rich%20variety,side%20by%20side%20in%20peace.*

ценности задолго до империализации. У них был тот же подход к созданию храмов-ориентиров, которые были построены на севере *внуком Чандрагупты Ашокой* в виде колонн, чтобы дать знать о своем присутствии. Единственным способом выполнения коммуникационного плана королевства был подход. Однако именно то, что люди узнают о своем присутствии и принимают идентичность, делает ее единой. Таким образом, идея идентичности и коммуникации, на которой строится идентичность, приобретает совершенно иную окраску, о которой нельзя забывать или на которую нельзя смотреть пренебрежительно. Таким образом, это и есть дальнейший путь развития главы в этой книге. Коммуникация была и будет ключевым компонентом воздействия на общество. Колонизаторы, будь то британцы или португальцы, а также в какой-то степени французы в колониальной Индии, сначала захотели наладить коммуникацию и контролировали ее. Идея создания общества колонизаторами заключалась в том, что они могли контролировать полицию, армию, средства связи. Образование. Хотя существовало несколько независимых учебных заведений, специализирующихся на традиционном обучении или на сочетании традиционного и западного. Однако коммуникация, направленная на утверждение, оправдание и навязывание их правил, была явно направлена на то, как они создавали коммуникацию и как ею управляли, чтобы манипулировать миллионами местных жителей. Идея "Индия для индийцев" возникла, когда появилась возможность использовать современные средства коммуникации, будь то речь Махатмы Ганди или Нетаджи из Европы и Японии, чтобы вдохновить на борьбу. Это можно было увидеть в анналах истории всего мира. Даже с точки зрения того, как должна была быть представлена самоидентификация индейцев, в сравнении с тем, что мы хотели представить, это было сутью борьбы за свободу, как и у других колониальных наций, в той или иной степени. Сегодня о концепции религиозной политики говорят с точки зрения коммуникационной сущности индийской политики, однако это не более чем повторение цикла индийского политического сценария, который опирался на религию в течение последнего столетия в колониальные времена и тысячи лет назад[15]. Чтобы понять и осмыслить запутанный социальный контекст Индии, легче разбить его на фрагменты прошлого и настоящего. Учитывая то, как это было и как это происходит сейчас, необходимо постоянно смотреть на прошлое и настоящее с точки зрения важности коммуникации, которую невозможно переоценить. В нашей стране многие пытались контролировать ту же коммуникацию даже после обретения независимости, как это было во времена чрезвычайного положения. Контроль над повествованием в средствах массовой информации, особенно с появлением социальных сетей после прихода к власти Моди, неоспорим, поскольку началась новая эра. Однако то, что имело бы долгосрочные последствия, можно найти только в анналах истории, которые пытались это сделать. Демократическая система, действующая в Индии, и политические идеологии партий в Индии во многом остались от колониальной системы, где все еще очень мало молодых лидеров, технократов или общественных активистов, которые имеют значение в национальной политике. Доминирование СМИ в пропаганде достигло новых уровней, что происходило в течение последнего десятилетия или около того, и если мы не займем твердую позицию сейчас, разница между Индией и Бхаратом станет еще более заметной, и ее невозможно будет устранить поверхностно.

---

[15] *https://www.britannica.com/place/India/Government-and-politics*

# Среди Гитлера и Сталина: за Трампом и Путиным - новая Индия

Новое повествование об Индии пошло по новому руслу, где маргинализированные новости могут оказаться более труднодоступными. Мир диктаторских режимов или автократии показал в истории, что над массами людей может господствовать горстка людей или просто *"рука" (здесь каламбур не предназначен для Индийского национального конгресса)*. Действительно, можно было увидеть знаменитую поднятую руку в фашистском приветствии, но какое все это имеет отношение к Индии? Это связано с тем, что представление об Индии - это представление о демократии, которая все еще носит феодальный характер для большого числа негородского населения, что такой городской писатель, как я, в значительной степени не может понять. И все же, как обстоят дела в Индии? В качестве названия этого подраздела предлагается несколько названий. Действительно, *Индия однажды столкнулась с чрезвычайным периодом, когда демократия была отменена с использованием чрезвычайных положений конституции, которые были заимствованы из конституции Германии и использовались фашистским режимом Гитлера.* Индия, хотя изначально и была хрупкой демократией, и сегодня все еще колеблется на этом пути, укрепила демократию, по крайней мере, на бумаге, но вопросы остаются. Однако, что наиболее важно, если не считать режима покойной **Индиры Ганди** и нынешнего мандата на выборах, поддержанного большинством, который был снова сокращен народным мандатом в 2024 году, демократия в Индии, несмотря на свои недостатки, все еще работает. Индия также никогда полностью не подпадала под влияние левого коммунизма или ультраправой политики, хотя такие штаты, как Бенгалия, Керала и Трипура, имели давнее наследие коммунистических правительств, когда в таких штатах, как Бенгалия, были разногласия относительно их подхода к социально-экономической политике, но все же индийская демократия выжила. Вопрос в том, является ли она яркой и, что более важно, всеобъемлющей. Несмотря на наличие коридора красного террора в регионах Индии, который до некоторой степени сократился и опустился до такой степени, что Бастар стал регионом основного коммунизма. Насилие и их борьба очень похожи на **F.A.R.C. *из Колумбии***, за исключением некоторых спонсируемых государством коммунизмов в штатах Индии, особенно в Западной Бенгалии, где, как можно было бы сказать, у меня есть оттенок сталинизма с точки зрения соблюдения партийных принципов коммунизма или чего-то еще. Однако удушение демократии или число маргинализированных людей, пропавших без вести, привели бы нас к вопросу о том, кто эти маргинализированные люди? Когда *речь заходит о нации Индии, наш рейтинг H.D.I. всегда колебался в пределах 130-140 баллов, и к статистике для нас нужно относиться с осторожностью.* Хотя настоящая проблема заключается в том, может ли демократия действительно устоять и выжить в условиях, когда большая часть населения борется и страдает. Индия проделала огромную работу по сокращению бедности, что после Китая стало настоящим чудом. Индия добилась поразительных успехов, хотя вопрос снова встает о том, как демократия в Индии работает или работала до сих пор. Массы людей в колониальные времена находились под опекой такого национального лица, как Ганди, и сегодня, по крайней мере, если не одно лицо, то все еще массовая *(а не физическая)* демократия. Люди, компенсирующие эти цифры, делают это для самой большой демократии в мире, но вопрос о том, насколько это важно, всегда поднимался. В стране, где все еще продолжается борьба за основы, демократия все еще работает, опираясь на пережитки колониальных времен. Индия всегда вызывала недоумение у комментаторов тем, как работает эта страна, несмотря на то, что в ней так много проблем и, конечно же, разнообразия. Первые шаги к демократии в Индии, вероятно, были предприняты в колониальные времена при первом массовом лидере Индии Ганди, который оставил свой неизгладимый след на пути становления индийской демократии. Путь к демократии в Индии был проложен благодаря менталитету, установленному для эпохи, когда один человек руководил массами (в том смысле, в каком понимается демократия). Принципы ненасилия и основанный на морали подход Ганди были удобно упущены из виду. Таким образом, в целом вопрос о демократии в Индии со времен нашего первого шага был связан с массовостью и массовым руководством, когда простые люди компенсируют численный перевес, а идея заключалась в том, чтобы возглавить и создать демократию, основанную на количестве. Это правда, что есть так много вещей, которыми Индия может гордиться, особенно когда речь заходит о развитии демократии, когда считалось, что Индия будет бороться за обретение свободы в определенные сроки, а даже если и добьется этого, то потерпит крах. Однако каким-то образом и где-то неукротимый дух Ганди, который никогда не сдавался, несмотря на его основанный на ненасилии подход к борьбе с могущественным противником, поддерживает пламя демократии в нас даже сегодня. С точки зрения элемента прямой демократии, наилучшая система была разработана Ганди на основе его идей о том, как дать деревенским жителям право голоса. Традиция прошлого смешивалась с потребностями нации, поскольку Индия или идея о ней появлялись вместе с горькой, но, возможно, необходимой пилюлей имперской колонизации на разрозненных территориях. Идея прямой демократии, которая была массовой, однако на гораздо более ориентированном на заинтересованные стороны уровне, была идеей Ганди для панчаята или нашей собственной прямой демократии, что очевидно в кантонах Швейцарии. Индия - страна с населением более 1,5 миллиардов человек, и по своему разнообразию мы занимаем 17-е место в мире, где, не считая Папуа - Новой Гвинеи, Индия является самой разнообразной страной Азии [16]. Теперь возьмем численность населения и седьмую по величине страну мира, которая помогает нам обойти демократическое наследие США, изначального гангстера в этой области. Поистине, индийский танец демократии или танец хаоса и феодализма под маской демократии все еще заслуживает некоторой похвалы. Действительно, есть много случаев, когда можно и, вероятно, нужно усомниться в том, что функционирование нашей демократии - это тоже привилегия, которой стоит дорожить. О борьбе Ганди и его философских и

---

[16] *Страны с наибольшим (и наименее) культурным разнообразием в мире* | *Pew Research Center*

моральных взглядах говорилось и писалось слишком много, и именно это подтолкнуло меня к написанию этой статьи. Однако как насчет идеи формы правления, о которой мечтали другие? Обычно бытует мнение, что Нетаджи и Ганди были из двух разных лагерей, что крайне далеко от истины. Они были из одних и тех же лагерей с совершенно разными подходами к достижению цели. Первый верил в способ руководства массами и в силу масс с точки зрения *"пассивно-агрессивной формы сопротивления"*, которая обладала своего рода моральным превосходством над латиноамериканскими полицейскими с коричневой кожей, избивающими своих собратьев под командованием белого, а иногда и коричневого сахиба. С другой стороны, план действий Нетаджи и его товарищей-единомышленников, особенно революционеров, состоял в том, чтобы либо присоединиться к силе оружия, которое предоставлялось британскими хозяевами в ограниченной форме и ограниченным образом от имени народа, которым были мы, либо...

# Станьте переменой, отбросьте старое и освободите место для: Разошлись ли мы с нашими мечтами о тех, кто проливал кровь за нашу свободу и самоуправление?

Сама идея Индии, которая существует сегодня, была результатом эволюции, начавшейся с местных жителей или племенных групп, которые существовали разбросанными по всей Индии, а также урбанизированной формы цивилизации на Севере, Западе и Юге[17]. Принимая во внимание, что были люди, которые въехали или мигрировали из Бактрии или центральноазиатского региона. Это не относится к обсуждению теории туземцев против теории вторжения арийцев против дравидов, поскольку это не входит в сферу компетенции книги. Хотя, когда речь заходит о вторжении и поселении, это действительно играет очень важную роль. Если взглянуть на индийскую историю с очень упрощенной точки зрения, то можно увидеть, что она происходила при индуистских королевствах, будь то на севере или на юге, по крайней мере, до 1100-1200 годов н.э. [18]Затем исламское вторжение действительно начало распространяться по всей Индии, хотя это можно подвергнуть критике, потому что там были люди исламского вероисповедания. такие религии, как моплы в Керале или арабские нашествия в Синд, кроме Махмуда Газнийского, кроме поражения монголов, турок и даже арабов, а также афганцев. Таким образом, в противостоянии натиску второй волны социально-религиозного культурного влияния сочетались успех и поражение[19]. Начиная с Делийского султаната и заканчивая

---

[17] *Древняя Индия - Энциклопедия всемирной истории*

[18] *http://www.geographia.com/india/india02.htm*

[19] *https://www.britannica.com/place/India/Society-and-culture*

некогда могущественной империей Великих Моголов, в основе индийской политической жизни лежал феодальный уклад от средневековья до начала современной эры. Хотя к тому времени, когда европейская Ост-Индская компания бросила якорь у берегов Индии, существовали Бенгальский султанат, империя маратхов, наваб в Ауде или Лакхнау, Типу султан в районе Майсура, а также почти безобидное королевство Раджпутов и небольшие княжеские государства. В первую очередь это касалось французской и Британской Ост-Индской компаний, которым не терпелось поучаствовать в создании этой мозаики из субконтинентального массива суши. Центральная власть, или так называемая власть из Дели при султанате Великих Моголов, находилась на стадии упадка и была на грани своего последнего издыхания. Региональные силы, такие как **раджпуты, типу и маратхи,** если бы они объединились в то время, чтобы помочь **британской или французской Ост-Индской** компании, используя дозировку национализма, преодолеть региональные барьеры, несомненно, я и другие выдающиеся историки до этого написали бы другую историю Индии и субконтинентальной истории. Перед Индией всегда стояла проблема органического мультикультурализма, что действительно придает нам силы, но также было источником нашей многослойной истории и волн вторжений, которые определяют нашу сегодняшнюю Индию. Вопрос о самобытности Индии всегда стоял под вопросом, начиная с колониальных времен или времен, предшествовавших им, и даже сегодня. Концепция религиозной идентичности, кастовой политики определяет Индию, потому что представление об Индии пришло только после преодоления региональных барьеров или языковой идентичности, а также кастовой политики. От инцидентов с Бхимой Корегаоном до субрегионализма, о котором только что упоминалось, идея создания этой *"страны-миража"* в форме головоломки сама по себе является чудом, известным как Индия. Подлинные работы **В.С. Найпола и А.Л. Байшама** запечатлели сущность и *разнообразие Индии, которая является зеркалом нюансов расколотой нации,* о которой пренебрежительно отзывался **Уинстон Черчилль**. Это правда, что Ганди, хотя и не был официальным отцом нации, был силой, стоявшей в авангарде, по крайней мере, объединения масс этой разнообразной страны, которая страдала от вакуума власти после распада империи Великих Моголов, которая была поражена региональными и религиозными силами по всей Индии, особенно на юго-западе, в результате Второй мировой войны. Силы маратхов со времен Аурангзеба. От Ашоки до Акбара было всего несколько практичных или довольно динамичных императоров, которые понимали, что управлять Индией экстремизмом нельзя, хотя их путь действительно начинался с кровопролития и завоеваний. Исторические образцы Индии, по крайней мере, в последнее время, обрели новое звучание, когда начали всплывать истории о нашем победоносном прошлом, а работы *г-на Санджива Саньяла и г-на Викрама Сампатха* создают новый образ Индии. Идея Индии с нюансами также была выдвинута доктором Шаши Тхаруром или с точки зрения новой динамики внешней политики нынешнего правительства, начиная с правления покойного Сушмы Свараджа и заканчивая нынешними временами *доктора Джайшанкара*. Итак, представления об Индии меняются, но есть вопрос, который навел бы нас на мысль об Индии и о том, как Индия могла бы быть эгалитарной.

# Экономика Ганди, переезд сельских жителей в новую индустриальную страну и миллиардер Радж

Индия, о которой мечтал *Мохандас Ганди*, была основана на идее самоподдерживающейся экономики, в которой средние и мелкие отрасли промышленности могли бы взять верх. Идея состояла в том, чтобы остановить крупные предприятия, которые в то время приравнивались к крупным корпорациям, в основном из имперской Европы. Дело не в том, что эта идея, если смотреть на нее с точки зрения того времени, могла показаться совершенно неправильной, однако идея о самоподдерживающейся Индии, которая была полностью закована в цепи иностранного господства. Идея современной самодостаточной Индии, которая позиционируется как *"Атма Нирбхар" Бхарат*, возможно, возникла из этой идеи. Сегодня Индия преодолела семьдесят пять лет политической независимости, однако всегда возникает вопрос: свободны ли мы? Это может показаться очень бесцеремонным и исходящим из привилегированного положения, поскольку у меня есть возможность критиковать правительство и задавать вопросы, а в этом и заключается свобода. На саму идею Индии во время борьбы за свободу смотрели по-разному. Существовала экономическая школа Ганди, основанная на самообеспечении и возвращении к сельской экономике. Затем был подход Нетаджи Бозе и нерувианский подход к индустриализации в советском стиле. Почему в первую очередь советы, а не имперский Запад делают так, чтобы Россия или послереволюционная Советская Россия считались маяком для угнетенных или маргинализированных стран. Союз, который Нетаджи пытался заключить с Россией во время второй мировой войны, или переход Неру в лагерь общин, несмотря на то, что он придерживался позиции неприсоединения, и, наконец, что не менее важно, обращение

Саваркара к Ленину - это не просто отдельные инциденты, а идея создания эгалитарной экономики, которая могла бы стать противоядием от кризиса. имперский стыд за то, что его игнорируют и контролируют структуры, подобные корпорациям, существовал всегда. Ирония заключается в том, что компания, которая буквально приехала торговать товарами и покупать специи, **"купила"** весь субконтинент. Именно здесь зародилась идея новой Индии, но сейчас, когда мы пишем это, с берегов Ганга утекло много воды, и мы говорим сегодня о миллиардере Радже. Сардонический взгляд на британское господство, где люди нашего цвета кожи и страны вполне могут накапливать богатства в условиях растущего неравенства. В отчетах говорится, что сегодня в Индии наблюдается большее неравенство, чем в колониальные времена. Что может быть более ироничным и болезненным смущением для наших борцов за свободу, если они живы, или для души тех, кого больше нет с нами. Индийская экономика сегодня склоняется к вершине, где 1% населения владеет более чем 65 процентами богатства, и это тоже умеренная оценка. Акционирование индийской экономики прошло полный цикл от европейских империалистов до современных индийских корпораций[20]. В те времена Ост-Индская компания выплачивала гонорары индийским принцам, а взамен собирала налоги и растрачивала богатства. К сожалению, сегодня, под покровом индийской демократии и многопартийности, под разноцветными политическими флагами, ситуация ничем не отличается. Идея индийской экономики, предложенная Мохандасом Ганди, была направлена на укрепление местной экономики. Индийская экономика даже сегодня во многих штатах все еще испытывает трудности, но настоящая проблема заключается в том, что сговор между корпорациями и политической командой даже сегодня напоминает скептицизм **Уинстона Черчилля**. Он отвергал саму идею стремления Индии к независимости и язвительно заметил, что если Индия станет свободной, то ею будут управлять головорезы и мародеры. Хотя каламбур был непреднамеренным,

---

[20] *https://www.bloomberg.com/opinion/articles/2024-03-25/india-election-billionaire-raj-is-backing-modi-and-leading-to-autocracy*

но, по иронии судьбы, его оценка была недалека от истины. Хотя другое предсказание о том, что индийские лидеры были слабаками и не годились для управления в силу неожиданного поворота событий в глобальном сценарии, сегодня касается премьер-министра индийского происхождения по этнической принадлежности. Политическая динамика Индии с момента обретения нашей страной независимости была основана на основах **Роти, Капда аур Макаан (еда, одежда и жилье)**, но в промежутках между ними политики становились богатыми, если не все, то большинство из них. Принимая во внимание шумиху вокруг крупнейшей в мире демократии, которой является Индия, с ее универсальной системой избирательных прав для взрослых, позволяющей избирателям выбирать своих представителей. Однако вопрос сводится к силе экономики и тому, кто контролирует реальный политический механизм с колониальных времен. Власть Имущие, возможно, изменились по цвету кожи и этнической принадлежности, но произошли ли реальные перемены? Именно этот вопрос определяет динамику "синдрома раджа", с которым столкнулась Индия. Люди в Индии, которые работают в тени ради реальных перемен, которые важны для многих людей, потеряны или незамечены, и это не значит, что они ищут славы. Тем не менее, концепция индийской политики основана на экономике бедности или на клановых капиталистических структурах, более известных как олигархические структуры, которые движут нами. История успеха современного предпринимателя в Индии будет рассказана позже. Студент по обмену из Польши однажды спросил меня в Калькутте, что за ирония судьбы в том, что прямо под огромным зданием спят бездомные. Дело не в том, что бездомных нет на западе, но само их количество в наших городах и уродливый контраст - это то, что было прекрасно изображено в *Jolly LLB*. Они являются людьми или могут быть "вредителями" для многих, кого привлекают освещенные городские пространства, чтобы спастись от безлюдья и бесплодных возможностей трудоустройства, в сельской местности они маргинализированы или незаметны. Недавние новости о том, что Адани взялся за реконструкцию трущоб, все равно что сказать, что мы живем в стране, которая работает как компания по прихоти определенных компаний. *Миллиардер Радж*, как сказано в названии и как было написано в другой одноименной книге, политика борьбы с бедностью, похоже, не скоро исчезнет. Настало время, когда индийская политика должна проснуться и предпринять шаги, которые работают на благо народа и хотят принять на себя роль эгалитарного развития. Правительственные данные показывают, что бедность и безработица сократились, но данные по продовольственной безопасности и индексу голода показывают нам, что мы опустились ниже Бангладеш и Пакистана, и, говоря о третьей по величине экономике в качестве гарантии, стране, которую мы, индийцы, любим троллить для многих, Бангладеш в определенные годы вышла вперед, опередив сша по доходу на душу населения! Можно привести логическую ошибку, если посмотреть на их население и на наше, что является удобным предлогом не забывать, что Бангладеш тоже имеет значительное население, которое не идет ни в какое сравнение с нашим, но мы используем это как щит нашей гордости, не беспокоясь о том, что около 800 миллионов человек получают бесплатный паек от covid, а скорее проповедуем об этом. Посмотрите, какое это достижение?! Подхалимаж и риторика могут зайти так далеко, что в этом виноваты как действующий президент, так и его оппоненты. Забудьте об экономической политике K или V графиков, люди повсюду нуждаются в знании основ, и Индия ничем не отличается от других стран, которые ведут борьбу уже более 200 лет.

# Индийская политическая лига (IPL) Индии от Эй Рама до Рама Раджьи

У индийских политиков есть очень печально известная поговорка, которая звучит как *"айя рам, гайя рам"*, основанная на человеке по имени Рам, который менялся несколько раз или точно около 4 раз в Харьяне за одну ночь. Возвращаясь к Черчиллю, можно сказать, что он всегда пренебрежительно относился к индийскому руководству. Он поверил в то, о чем я упоминал всего минуту назад. Индийская политика, которая до сих пор считается беспорядочной, разнообразной и причудливой, когда выборы в одной стране проходят в течение 44 дней!! Только представьте себе это!! Хотя все это может измениться, если в будущем будет введен мандат для одной страны, в Индии пройдут одни выборы, которые станут крупнейшими из всех стран мира, которые сделают это возможным. Индийская политика особенно характерна для тех случаев, когда один и тот же человек меняет политическую партию, не заботясь об идеологии или морали рассматриваемой демократии. В западных демократических странах это было бы невообразимо, однако в Индии это больше похоже на то, как игрок из индийской премьер-лиги в "Крикетном безумии", летнем цирке Индии, похожем на карнавал, переодетый в спортивную форму, меняет цвета своей майки для вечеринки, которая приносит ему наибольшую пользу, как майка франшизы. Предсказание Уинстона Черчилля не могло быть более пророческим и подходящим для индийской демократии. О проценте уголовных дел против членов нашего парламента в Юго-Восточной Азии говорят еще в Сингапуре. Хотя также верно и то, что Индия и ее нынешний лидер с выдающимся имиджем также получили признание и известность среди западных стран, которые стремятся привлечь на свою сторону якобы "демократическую" Индию, чтобы противостоять агрессивному поведению автократического общества, подобного

Китаю. Фундамент нашей страны сам по себе был основан на определенных событиях, лидерах, которые могли бы быть поставлены под сомнение, но для того, чтобы дать им возможность быть первыми хранителями общества, были созданы основы индийской демократии, какими бы хрупкими или проблемными они ни были. Никто и не ожидал, что сама идея о том, что Индия может быть демократией со своими собственными ошибками, будет свойственна психике белых англичан. "**Воги**", как нас называли, помимо "**пакистанцев**", с точки зрения расовых оскорблений в адрес жителей субконтинента, все еще, несмотря на шаткую демократию, продолжают бороться, хотя в последние несколько лет западные аналитические центры, медиа-каналы и т.д. подвергли сомнению требования о свободе СМИ и качестве демократии. Другое дело, что сегодня земли этих колониальных хозяев, особенно Англия и ее столица, получили название Лондонистан. *Мэрство Садика Хана в Лондоне, предки которого родом из Пакистана, и Риши Сунака на Даунинг-стрит, 10, в то время, когда экономика Англии переживает спад и растет число преступлений, страх перед которыми побудил английского игрока в крикет Кевина Питерсена, родившегося в Южной Африке, избавиться от своих наручных часов, опасаясь ограбления, наверняка заставило бы Уинстона Черчилля обратиться в полицию. его могила.* Теперь вернемся к Индии, которая, будучи крупнейшей демократией в мире, по-прежнему носит феодальный характер, где динамика власти все еще находится в руках немногих, и все еще вопросы идентичности, приписываемые людям, принадлежащим к племенам, далитам и намашудрам, или людям из низших каст, по-прежнему остаются вопросом, который мы не смогли найти. Неру, будучи первым премьер-министром Индии, был человеком, который, несмотря на близость к Ганди, по-своему был англофилом, и его подход был элитарным и, за неимением лучшего слова, англизированным или вестернизированным, как у доктора медицины. Али Джинна, который, по иронии судьбы, был пионером создания Пакистана, хотел создать отдельную землю для мусульман, несмотря на то, что был пристрастен к курению и выпивке. Как бы то ни было, религия занимала центральное место в индийской политике в течение некоторого времени, начиная с доколониальных времен, только для того, чтобы быть использованной европейскими или британскими колонизаторами в качестве третьей и последней силы, оставившей свой отпечаток или неизгладимый след. Возведение храма Айодхья, или Рам Раджья, или, что самое важное, Хей Рам в знак приветствия стало признаком политической идентичности, совпадающей с предполагаемым правым спектром индийской политики. По иронии судьбы, это было то же самое слово, **что и Рам**, произнесенное Ганди после раздела страны ультраправым Натурамом Годсе, о котором я уже упоминал. Над Индийским субконтинентом пролетело много времени, и мы не должны совершать ошибку, поддаваясь на уловки социализма или фальшивого национализма. И то, и другое, смешанное вместе, приводит к еще более опасным последствиям, как показал печально известный **нацистский** режим, который, тем не менее, изменил динамику мировой истории. Нетаджи Бозе, который был единственным индийским борцом за свободу, когда-либо пожимавшим руку Адольфу Гитлеру, заметил: "Чтобы сделать мою страну свободной, я готов заключить сделку с дьяволом". Ганди и Субхас Чандра Боуз были двумя самыми выдающимися борцами за свободу Индии, чьи идеи, казалось бы, находились на противоположных полюсах. Тем не менее, более пристальный взгляд показывает, что их прагматизм и принципы были сформированы уникальными ситуациями, с которыми они столкнулись при обретении Индией независимости.

# Часть 3: Загадка Индии, где прошлое встречается с настоящим в надежде на лучшее будущее.

# Мифология, легенды и социально-политическая дилемма Индии

Индия - это страна мифологии и легенд, которые, несомненно, помогли нам в осознании нашей коллективной идентичности и даже в нашей борьбе с захватчиками или колонизаторами. Идея Индии как нации имеет сценарий приписываемой идентичности, как и у большинства постколониальных стран, который просачивается в общество. Именно так сформировалась вся идея Индии в виде историй, кастовых различий, дискриминации идентичности и коллективной "мозаики", которую мы называем Индией, или кусочков, которые мы исторически считаем своими, но которые сейчас сформировались как другие страны, все еще сохраняющие свою территориальную целостность. у него определенные корни в Индии, и он пытается обрести новую идентичность. Несмотря на все сказанное и сделанное, Индия была, есть и, скорее всего, будет продолжать свои традиции легенд и фольклора, которые придают этой **"стране миражей и чудес"** чувство самобытности, к которому она всегда стремилась. Крики **Джай Шри Рама** или **Баджрангбали** - это не просто крики о религиозной принадлежности, но отчаянный вопль и попытка объединить идентичность в наше время, подобно Ванде Матарам или Джай Хинду во время нашей колониальной борьбы, или, возможно, **"Джай Эклинг Джи ки Джай"**, или **"Хар Хар Махадев"** раджпутов и маратхов, или **"Аллах Акбар"**. Британцы или европейцы, когда они пришли под свой собственный призыв к войне **"За короля или за землю"** и покорили всех нас, пришло время для нас, колонизированных или так называемых побежденных, черпать вдохновение в нашем прошлом и лелеять славную самобытность коренных народов, которая была незапятнанной или нетронутой прошлым. высокомерие или комплекс превосходства, порожденный империалистическими державами. Все это вернуло нас к поискам наших славных героев, будь то мужчины или женщины, в форме легенд нашей религиозной мифологии или фольклора. История о Ма Кали, свирепой богине, к которой прибегли революционеры Индии, находившиеся на другом пути пассивного сопротивления и гражданского неповиновения по Ганди. Что мог бы подумать об этом Мохандас Ганди, который когда-то носил костюм и поддерживал англичан в борьбе с восстанием зулусов, помимо их философии, разумеется, само собой разумеется. Я всегда думал, что если бы Типу **Султан, раджпуты и маратхи**, все те, у кого были разные боевые кличи и своя собственная мифология или религиозные привязанности, помимо их собственного фольклора, объединились, что бы произошло? В своих детских фантазиях мы бы выгнали европейцев и англичан в частности. Прибегнув к помощи французов, Типу Султан уже предпринял свои первые попытки использовать небольшие ракеты и артиллерию в борьбе с англичанами. Идея западной формы нации, которая была очевидна в Дании и Англии, в целом дискредитирована в Индии, потому что западные концепции территориализированной нации никогда не были очевидны в Индии под "**Одним флагом, одним гимном и одним правителем**". [21] Даже 1857 год, который знаменует собой раздвоение, историки из Индии и Запада, особенно британцы, не говоря уже о знаменитых историках **Найле Фергюссоне** или **Уильяме Далримпле**, у которых есть свой собственный класс, обычно сводят это событие к двоичному. Бинарность *индийского нарратива* как "*Первая война за независимость* Индии" или западного/британского нарратива как "*Мятеж сипаев/солдат*". Ответ лежит где-то посередине. Это правда, что в нем были искры объединения огромного пространства земель, разделенных географически, языками и культурами, объединившихся в восстании против британцев и давших им сокрушительный отпор с самого начала. Точно так же, с другой стороны, пробуждение национального энтузиазма, которое, как ожидалось, должно было начаться благодаря этому событию, также не произошло в большинстве регионов страны так, как того требовали или ожидали. Все это гипотетически, и если бы это произошло, Индия получила бы независимость почти во всех

---

[21] *https://www.newindianexpress.com/magazine/voices/2023/Sep/16/constitution-national-symbols-only-glue-that-bind-india-that-is-bharat-2614898.html*

провинциях, подобно странам Латинской Америки, или было бы достигнуто соглашение. Однако дело не в том, что событие 1857 года прошло без последствий, которые имели как долгосрочный, так и краткосрочный эффект. Первым краткосрочным эффектом стало то, что Индия в конце концов перешла под власть британской короны и стала известна как Британская Индия, а долгосрочным - то, как сформировалась национальная политика. Мы начали с тех военных лозунгов, о которых упоминалось ранее, и, пройдя по пути пассивного сопротивления и гражданского неповиновения Ганди под его массовым руководством с начала 1900-х годов, особенно во втором десятилетии, мы снова возвращаемся к лозунгам, хотя Ванде Матарам и Джай Хинд тоже были там.

# Индия - страна, где можно доказать, что ты - Вини, Види, Вичи?!: В погоне за спортивной и культурной славой.

Во время моей учебы по обмену в Германии меня часто дразнили, хотя и не злобно, а скорее дружелюбно, вопросом о том, какое место занимает Индия в мире спорта? Название книги посвящено пути Ганди, индийской политике и социальной динамике, так откуда же берутся дебаты о спорте? Ответ заключается в том, чтобы сказать, что это так. Если вы возьмете в руки учебники истории по всему миру, то увидите, что все колонизированные, маргинализированные или покоренные народы с помощью спорта находили способы всегда сохранять свою национальную идентичность и гордиться своим существованием в борьбе с угнетателями. Индия, которая стала самой густонаселенной страной в мире [22] примерно в июне 2023 года, достигла спортивной славы, которая находится слишком далеко друг от друга. Как это связано с индийским политическим фронтом? Гандистский подход к мирным средствам политического насилия просочился в массы и действительно породил массовое движение. Однако создало ли это массовую культуру, где люди стали более пассивными и слабыми духом, где основное внимание уделялось не физической, а умственной силе? Последнее имеет свое значение, и может показаться нелепым, что каким образом путь Ганди оправдывает достижения Индии в мире спорта? Необходимо помнить, что национальная культура играет очень важную роль в формировании психики. Представьте себе, что у австралийцев, которые исторически также были колонией поселенцев, было другое мышление.

---

[22] *https://www.bbc.com/news/world-asia-india-65322706#:~:text=India's%20population%20has%20reached%20%201%2C425%2C775%2C850,census%20%2D%20was%20conducted%20in%202020.*

Политическая игра в Индии превратилась в политику игр или спортивных федераций в Индии. Не хватало только создания массовой спортивной культуры, которая могла бы быть и была необходима, которая была бы на переднем крае вооруженных революций. Влияние спортивной культуры, которая требовала сосредоточения внимания на физической агрессивности и наличии боевого духа, потребовало от нас многих лет, что, вероятно, и произошло в 1983 году, когда мы добились первого коллективного успеха на Чемпионате мира по крикету. Хотя до этого наше сотрудничество с мужской хоккейной командой Индии продолжалось вплоть до Московской Олимпиады 1980 года и первой медали, завоеванной индийцем К.Д. Джадхавом после обретения независимости[23]. Однако, как уже упоминалось, мы могли бы стать кем-то таким, кем не смогли бы стать. Из **фильма** "Майдан", в котором рассказывается о проблемах развития крупнейшего в мире вида спорта, в котором Индия явно проигрывает, выделяются проблемы, из-за которых индийский спорт отстает, включая упомянутую спортивную политику.[24] На самом деле проблема Федерации рестлинга Индии, куда рестлеры пришли протестовать против сексуальных домогательств тогдашнего президента Бриджа Бхушана, привела лишь к тому, что его сын сменил его у руля. Проблемы касались других спортивных федераций Индии, включая Всеиндийскую федерацию футбола, в отношении которой достопочтенному верховному суду Индии пришлось вмешаться, и ФИФА временно запретила деятельность Индии из-за вмешательства правительства. Хади пробил себе дорогу в индийский спорт, где меритократия снова и снова сталкивалась с кумовством, что привело к появлению на экранах мумбайских фильмов, в первую очередь, помимо других региональных киноиндустрий. Итак, говоря о кино, я вспоминаю высказывание Сатьяджита Рэя, которое он упомянул в своем интервью: *"**Индийская аудитория отсталая**"*. Высказывая это, можно несколько упростить ситуацию, но само собой разумеется, что идея все еще может быть

---

[23] https://olympics.com/en/news/wrestling-first-indian-win-olympic-medal-1952-kd-jadhav
[24] https://www.thehindu.com/news/national/delhi-court-frames-charges-against-ex-wfi-chief-brij-bhushan-singh-in-sexual-harassment-case/article68199335.ece

верной. К музыкальным фильмам из Индии все еще можно относиться с некоторым обожанием или с чувством презрения по отношению ко многим за пределами наших границ. Однако для этого была причина - донести наши истории до широких масс людей, которые, очевидно, не являются французами или немцами, судя по их способу просмотра фильмов. В Индии, как правило, фильмы, вызывающие у зрителей большой интерес, никогда не пользуются таким покровительством, потому что в целом кажется, что мы сами этого не делаем. чувствовать себя подавленным реальностью и фильмом - это просто способ отвлечься. Именно так в фильмах "масала" из Мумбаи есть немного песен, музыки, танцев, драмы, насилия, которые показаны в разрозненной манере, отражающей различные устремления общества и то, как они существуют в Индии. От **"Маачи"** до **"Удаана" было снято несколько фильмов** из индустрии Мумбаи, не считая шедевров, снятых на малаяламе, маратхи, бенгали, тамиле, гуджарати, телугу и т.д. Премия "Оскар" не обязательно является эталоном для индийского фильма, будь то фильм индийского происхождения или фильм, полностью снятый в Индии или из Индии. Вопрос заключается в том, готовы ли мы, как общество, снимать фильмы, в которых поднимаются такие проблемы, как "Мой брат Онир"?

# Эк Бхарат, Шреста Бхарат: Одна нация - одни выборы, единый гражданский кодекс, упрощается ли концепция Индии "Разнообразие в единстве"?

Идея Индии заключается в том, что разнообразие всегда было поводом для празднования, но также и для наших конфликтов. Концепция индейства или государственности - это то, что всегда вызывало проблемы в колонизированных доминионах. Особенно в такой стране, как Индия или, может быть, Нигерия, и во многих других африканских и некоторых азиатских странах культивируется идея индийскости, но это также не значит, что ее там не было. Эти элементы были, но не в виде территориальных границ, флага, гимна и единого паспорта для путешествий. Как уже упоминалось, такого рода элементы появились в новой, прозападной манере и были не более чем остатками колониализма в подарочной упаковке для постколониальной нации. Теперь, после 75 лет независимости и становления республикой, понятие *"Бхартия"* стало настоящим испытанием. Первым индийским массовым лидером, который действительно мог двигать массами в этом смысле, можно назвать Ганди, в честь которого названа эта книга. По всей Индии были популярные лидеры, но тот, кто действительно мог двигать людьми по всей Индии, был ограничен в регионах. Этот вакуум, который существовал всегда, был впервые заполнен Ганди, у которого была своя особая мораль, ограниченная ненасильственным способом борьбы за самоуправление. Такой подход, который не представлял угрозы для Британской империи с точки зрения насилия или ориентированного на нападения подхода, которого придерживались революционеры, также устраивал его для пропаганды средствами массовой информации в Индии и за рубежом, в то время как революционеров называли террористами или превращали в маргинальные элементы. В книге Санджива

Саньяла уже излагалась идея революционеров и их способа борьбы за свободу, который был антитезой пути Ганди. Рамачандра Гуха говорил об Индии и своей сущности как о способе формирования национального самосознания до и после Ганди, однако можем ли мы представить Индию без Ганди? Именно здесь в книге делается попытка проникнуть в суть Индии, и это тоже без Ганди или сущности Ганди, что является попыткой.

Индейский образ жизни на самом деле никогда не существовал в том смысле, в каком существовало национальное самосознание, позволяющее бороться за географический участок земли. Это происходило в форме культурных обменов и путешествий, которые были органичны, поскольку как таковых барьеров не существовало. Однако с началом письменной истории человеческой цивилизации на субконтиненте на протяжении тысячелетий начали проявляться различия в ее представлениях, которые ускорились с приходом захватчиков, мародеров или чужаков. Такого рода историю можно найти в истории каждой нации, которая в той или иной степени распространена по всему миру. Сейчас вопрос о том, чтобы сделать Индию единой с точки зрения ее законодательства, языка, пищевых привычек, а также национальной идентичности, рассматривается правящей партией БДП (Бхаратия Джаната Парти) в качестве проекта. Идея о том, что вся Индия должна быть мобилизована как масса, была выдвинута Ганди, и это было первым проявлением национального движения на любом уровне, которое достигло своего пика во время движения за неповиновение в 1922 году. Последняя такая попытка была предпринята в 1857 году, когда впервые во времена империи произошло движение людей, если не по всей Индии, то в определенных районах, где вопрос об участии гражданского населения мог быть поставлен под сомнение, но об этом свидетельствуют упоминания о резне 1857 года и ее последствиях в районе Дели в это время. Теперь вопрос объединения Индии с точки зрения выработки единой политики для нации - это всего лишь шаги, предпринятые нынешним правительством, которое хочет перестроить новую Индию, где федеральная структура больше не является слабостью, а скорее превращается в силу. Однако всегда остается открытым вопрос о том, можем ли мы упростить многообразие Индии, просто изменив конституционные рамки. Меняющиеся времена для меняющейся нации Индии подвергаются испытаниям со стороны ее нынешнего политически избранного правительства, которое пытается провести перезагрузку, но будет ли это надежным или хаотичным? Это вопрос, на который мы не знаем ответа, поскольку ответ на него ждет нас в будущем, однако наше снижение индекса демократии и реакция правительства на создание собственного индекса являются определенными сигналами, которые необходимо читать между строк. В Индии были элементы демократии и до колонизации, и мы также должны быть осторожны в отношении будущего, чтобы это никогда больше не было утрачено. Этот прагматизм проявлялся в его способности менять свои стратегии в соответствии с меняющимся политическим климатом, при этом строго придерживаясь своих основных убеждений о ненасилии и самоочищении. Напротив, Нетаджи Бозе, более воинственный националист, считал, что вооруженная борьба необходима для достижения свободы Индии. Результатом этого прагматизма стало то, что он заключил союзы с иностранными державами, такими как нацистская Германия и императорская Япония, чтобы заручиться их поддержкой в своем деле. Это выражено в знаменитой цитате Боуза: "Дайте мне кровь, и я дам вам свободу", которая демонстрирует его убежденность в необходимости вооруженного сопротивления британскому правлению. Однако, несмотря на эти различия между подходами Ганди и отношением Нетаджи ко всему этому, оба они стремились к одной и той же цели - освобождению Индии от колониального господства. Они выработали свои соответствующие идеологии на основе жизненного опыта, а также проблем, с которыми столкнулись в процессе борьбы за суверенитет. Ненасильственная позиция Ганди воодушевила массы, завоевав всеобщее сочувствие к делу Индии, в то время как он оставался достаточно практичным, чтобы отходить от некоторых принципиальных принципов, когда дело касалось изменений политической динамики вокруг него. С другой стороны, Боуз понимал, что пацифистский подход не может работать в британских рамках, особенно если требуется немедленный результат.

Однако в конечном счете оба – и Ганди, и Боуз - сыграли важную роль в становлении индийской государственности в контексте борьбы за свободу. Это показывает, насколько разными были их идеологии и насколько прагматичными они оба были в том, что касалось свободы Индии. Ганди и Субхас Чандра Боуз были двумя самыми выдающимися борцами за свободу Индии, чьи идеи, казалось бы, находились на противоположных полюсах. Тем не менее, более пристальный взгляд показывает, что их прагматизм и принципы были сформированы уникальными ситуациями, с которыми они столкнулись при обретении Индией независимости. С другой стороны, Ганди, который был известен своим ненасильственным движением гражданского неповиновения, избрал путь мирного перехода к самоуправлению. Его философия Сатьяграхи, основанная на истине и ненасилии, тронула сердца людей и завоевала международную поддержку движения за независимость Индии. Этот прагматизм проявлялся в его способности менять свои стратегии в соответствии с меняющимся политическим климатом, при этом строго придерживаясь своих основных убеждений о ненасилии и самоочищении

Напротив, Нетаджи Бозе, более воинственный националист, считал, что вооруженная борьба необходима для достижения свободы Индии. Результатом этого прагматизма стало то, что он заключил союзы с иностранными державами, такими как нацистская Германия и императорская Япония, чтобы заручиться их поддержкой в своем деле. Это выражено в знаменитой цитате Боуза: "Дайте мне кровь, и я дам вам свободу", которая демонстрирует его убежденность в необходимости вооруженного сопротивления британскому правлению. Однако, несмотря на эти различия между подходами Ганди и отношением Нетаджи ко всему этому, оба они стремились к одной и той же цели - освобождению Индии от колониального господства. Они выработали свои соответствующие идеологии на основе жизненного опыта, а также проблем, с которыми столкнулись в процессе борьбы за суверенитет. Ненасильственная позиция

Ганди воодушевила массы, завоевав всеобщее сочувствие к делу Индии, в то время как он оставался достаточно практичным, чтобы отходить от некоторых принципиальных принципов, когда дело касалось изменений политической динамики вокруг него. С другой стороны, Боуз понимал, что пацифистский подход не может работать в британских рамках, особенно если требуется немедленный результат. Однако в конечном счете оба – и Ганди, и Боуз - сыграли важную роль в становлении индийской государственности в контексте борьбы за свободу. Это показывает, насколько разными были их идеологии и насколько прагматичными они оба были в том, что касалось свободы Индии.

# Часть 4: Танец демократии?

# СМИ - четвертый столп, или роль носильщика циркового хлыста в условиях демократии, похожей на кенгуру: безопасность пищевых продуктов, демократия или индекс свободы СМИ - почему мы скатываемся вниз?

Вопрос о том, как сделать такую нацию, как Индия, единой во многих отношениях, чтобы сформировать единое чувство национализма, имеет огромное значение для СМИ. Очевидно, вопрос, который я задал в предыдущей главе, на которой я закончил, состоял в том, чтобы перенести его в эту главу. Единообразие Индии никогда не было естественным, а разнообразие - это то, что определяет нас. Концепция государственности также была слабой, что, возможно, эмпирически трудно доказать или даже опровергнуть, но если мы посмотрим на историю Индии или даже субконтинента, то ее можно рассматривать как участок земли, который был излюбленным местом мародеров. Разрозненный участок земли, где снова и снова использовались эгоистические интересы и коррупция, был наилучшим образом проявлен европейскими колониальными державами, в частности британским владычеством. Завоевать этот огромный участок земли и напрямую контролировать его никогда не было возможно ни одной державе, и имперская власть даже не пыталась это сделать, скорее, идея состояла в том, чтобы дать ощущение контроля, в то время как британцы контролировали ресурсы и их использование, а также так называемое наше право голоса под флагом Британской Индии. в глобальном контексте. Постколониальная нация, которую мы имеем сегодня, все еще функционирует на определенных принципах, заимствованных из этого контекста. Идея британских администраторов теперь была заменена центральным правительством, а чувство ограниченной автономии - государственным управлением. Такого рода система централизации-децентрализации также существовала в прежние времена, но вся эта историческая прелюдия предназначена для того, чтобы дать представление о том, где и как концепция создания единообразия для государства и администрации - это проект, который немного сложен для реализации в Индии, и с ним нельзя так легко шутить. Идея объединить Индию в массовой борьбе, сохраняя при этом явный контраст под маской ненасильственного движения за свободу, была неизменным фактором в дни независимости. Обычаи индейцев - это то, что Индия или многие другие колониальные страны в своих странах в значительной степени изменили, хотя контекст мог отличаться. Теперь среди всего этого возникает уравнение средств массовой информации. Индийские СМИ в последнее время потеряли огромный авторитет как "либеральные" СМИ, если они придерживаются левых взглядов и выступают против нынешнего правительства, или как СМИ "Годи",[25] которые ближе к правительственному нарративу и могут внешне находиться на правом крыле спектра. В любом случае, концепция многообразия Индии, возможно, всегда подчеркивалась с точки зрения того, что наш регионализм имеет приоритет над вопросами национальных интересов, будь то в колониальные или постколониальные времена. Однако, несмотря на все это, роль СМИ была критической для Индии даже при британском правлении, и все же представление о том, что СМИ предвзято относятся к британскому правлению, очевидно, может быть истолковано как указание угнетателей. Однако как насчет эпохи после обретения независимости? Играют ли средства массовой информации достаточно хорошую роль, особенно когда наша демократия находится под вопросом и, как ни странно, в значительной степени стала реальностью? Смена политических цветов, подобно смене спортивных футболок, в условиях многопартийной феодальной демократии, подобной нашей,

---

[25] *https://www.rediff.com/news/column/aakar-patel-will-godi-media-change-in-modi-30/20240628.htm*

имеет очень важное значение, когда речь заходит о роли СМИ. Также верно и то, что СМИ сейчас попадают во власть собственной предвзятости, будь то в поддержку правительства или против него. Идея наших СМИ состоит в том, чтобы излагать факты и не быть предвзятыми, будь то с точки зрения Запада, выступающего против наших демократических принципов, или же быть слишком увлеченными ревизионистской историей Индии, которая преподносится как наша национальная гордость. Средства массовой информации по-прежнему важны в стране, где подотчетность наших избранных лидеров в управлении демократией все еще находится под вопросом. В стране, где наш индекс свободы подвергается сомнению помимо рейтинга продовольственной безопасности, настало время, чтобы средства массовой информации сосредоточились не только на недостатках правительства или достижениях, но и попытались выяснить, почему мы все еще отстаем в этом направлении. Средства массовой информации играли важную роль даже в дни борьбы за свободу, когда освещались встречи Ганди с Нетаджи и миллионами других людей. Проблемы тех времен были подняты, несмотря на то, что вопрос о морали существовал. Однако в наше время роль средств массовой информации должна заключаться в выяснении причин того, почему и в чем Индии чего-то не хватает, а не в создании сенсационной журналистики или журналистских расследований, которые выделяются по-другому.

# Кумовство, говорят некоторые, талант или меритократия позже, так откуда же берется демократия в Индии?

Вопрос об индийской демократии, который может подвергаться критике и который, по мнению в основном западных комментаторов или тех, кто получил западное образование, является непрерывным процессом. Пренебрежительное отношение Черчилля к праву индийского народа на самоуправление, возможно, было вызвано тем, какой была наша история. Как и в Африке, в Индии, как и во многих частях Азии и даже в некоторых частях досовременной Европы, возникали трудности с формированием национального самосознания. Британцы привыкли говорить, что *"Солнце никогда не заходит над Британской империей"*, но это, безусловно, так и было, и сегодня, по иронии судьбы, ее возглавляет человек индийского происхождения, который, хотя и не может называться индийцем по гражданству, безусловно, видел или естественным образом впитал индийские принципы индуизма, по его собственным словам. Зарождение индийской демократии произошло после борьбы не только против британцев, но и за свержение многовековой феодальной системы, которая была укреплена Делийским султанатом и империей Великих Моголов в средние века как вторая волна индийской истории, начавшаяся с индуистских королевств в долине Инда и дравидийской цивилизации. Хотя это может звучать упрощенно с точки зрения истории, но это не историческое произведение, так что давайте не будем отвлекаться. Вопрос, который поднимается в этой главе, касается качества и жизнеспособности индийской демократии. На бумаге, хотя мы и считаемся крупнейшей демократией в мире, она родилась чудом и дорога нам, но ее необходимо сохранить. Индия, которая в силу своей религиозной и политической истории считается оплотом демократии в Южной Азии, пережила несколько эпизодов религиозного насилия, которые закончились крупнейшим в мире перемещением людей в форме раздела и образования нации Пакистан. На этом все не закончилось, поскольку ценности индийской демократии, несмотря на то, что им был брошен вызов и они оказались под угрозой, возникли из-за того, что кусочки 562 княжеских государств были собраны воедино в виде мозаики[26]. Ценность индийской демократии заключается в том, что, несмотря на ее периодическую склонность к насилию из-за пережитков феодализма в нашем обществе и коррупции в индийской политике, она до сих пор не искоренена, в отличие от многих африканских и некоторых азиатских стран. Говорят, что индийская демократия, как и многие другие сектора, ориентирована на семью или кумовство, и в последнее время при Нарендре Моди ее также клеймят как автократию, что вызывает гораздо больше шума, чем это было бы при режиме Индиры Ганди. Мягкость и критика умеренного или, лучше сказать, робкого подхода индийского руководства во времена Неру или даже Ганди, который подвергался критике, возможно, придали нам национальный темперамент, а не то, что мы были полностью погружены в кровопролитие и гражданскую войну, которые многие западные теоретики считают будущим Индии, которая была новой нацией рожденный на основе 5-тысячелетней истории культуры, искусства, кровопролития и эволюции цивилизации. Вопрос о том, что демократия в Индии скатилась вниз в недавнем рейтинге, а Индия переживает период противоречий и критики за то, что она является автократией и банановой республикой, может быть всего лишь плодом воображения современности. Не следует забывать, что на Индийском субконтиненте были элементы хорошо функционирующей демократии и богатые традиции управления, которые, возможно, и не соответствовали западным стандартам, но имели элементы или определяющие факторы принципов, необходимых для хорошо отлаженного демократического

---

[26] *https://www.theweek.in/theweek/leisure/2023/07/29/john-zubrzycki-about-his-new-book-dethroned.html*

общества. Главная проблема нашей сегодняшней демократии заключается в том, что мы все еще зациклены на вопросах кастовости, феодализма и, конечно же, религиозной идентичности. Это факторы, которые нельзя устранить немедленно, как это было невозможно в течение последних 75 лет. Индийская демократия разнообразна, и концепция универсальной франшизы для взрослых, которую можно критиковать, является источником не слабости, а скорее силы. Если маргиналы не имеют права голоса, то это вообще не демократия. Черчилль, который пренебрежительно относился к демократии, особенно в колониях, видел, что Индия создала самую крупную демократию в мире, где индийская нация поддерживает всех или старается изо всех сил. Есть много людей, которые, возможно, потерпели неудачу из-за системы, но также есть много других, чьи голоса были услышаны. Тем не менее, это правда, что наша демократия по-прежнему использует массы в своих собственных интересах или в качестве пешек в игре власти, Индия меняется и будет развиваться вместе со следующим поколением индийцев, которые будут иметь доступ к информации и средствам массовой информации, которые должны быть правдивыми.

# Чудо управления нацией в стране-головоломке

Индия - нация, которая, как упоминалось ранее, была отвергнута многими комментаторами и экспертами с Запада, включая имперских правителей, - это чудо. Такая нация, как Индия, которая родилась как чудо, родилась в результате поспешного и хаотичного процесса объединения пазлов из 562 княжеств. Три проблемных района Хайдарабад, Джунагад и Кашмир, конечно же, объединились после драмы и кровопролития, произошедших после раздела культурного пространства, которое мы назвали Индией, но которое было создано из Британской Индии [27]. Федеральная структура нашей нации, которая родилась из провинций и позже превратилась в штаты, была создана на лингвистической основе. Фактор многообразия Индии, если посмотреть и сравнить, несмотря на случайные человеческие жертвы, материальные потери, экстремизм, массовые беспорядки, до сих пор контролировался ранее. Именно там у нас возникли проблемы в Пенджабе, на Северо-востоке, в Кашмире, и, возможно, они возникнут в будущем, но то, как масштаб и разнообразие этой постколониальной конструкции, основанной на цивилизационном разнообразии, должны быть учтены многими, включая скептиков. Есть много постколониальных стран, за исключением США, которые не смогли придерживаться демократических принципов, к которым они стремились в своей борьбе за политическую свободу и независимость. Однако Индия остается непоколебимой, сильной и гордой, несмотря на неоднократную критику в адрес нашей демократии. Почему? Избирательный механизм в Индии, несмотря на наличие собственных проблем, по-прежнему является ценным мероприятием, которое, в конечном счете, приводит в движение концепцию демократии, где Индия держит мир в страхе за

---

[27] *https://scroll.in/article/884176/patel-wanted-hyderabad-for-india-not-kashmir-but-junagadh-was-the-wild-card-that-changed-the-game*

использование демократического разнообразия, которое является самым высоким в мире. Не стоит забывать, что демократический процесс в Индии, несмотря на наличие пробелов в охвате, также сумел или, скорее, попытался охватить все уголки страны. Индия обладала единой душой в том смысле, в каком это было присуще нации на протяжении 5000 лет зафиксированной истории,[28] но предначертания колониальных времен и даже до этого, начиная с эпохи султаната Дели, начали создавать очень слабые черты в нации, которые стали слишком большими и ярко выраженными, когда страна была разделена на две части. нация обрела свою окончательную форму политической независимости. Если бы не мощь Сардара Пателя, особенно на этапе переговоров, когда англичане стремились поспешно покинуть страну после второй мировой войны, Индия могла бы породить около 5-6 государств или даже больше, подобно тому, как после распада Советского Союза на свет появились 15 государств[29]. Россия является законным правопреемником после распада Советского Союза, и аналогичное развитие событий произошло с кровавым разделом Британской Индии на Пакистан и Бангладеш, не стоит забывать, что были определенные части этой головоломки, которые не нашли своего места в ней. Все сказанное и сделанное - это известные части нашей истории. Однако разнообразие и непохожесть такого места, как Индия, подобны разным кусочкам мозаики. Создание демократических принципов и того, как была создана демократическая система, как правило, зависит от нескольких человек. Однако на фоне всего этого сообщения о кончине Сардара Пателя включение Гоа, Диу, Дадры и Нагар-Хавели в состав Сиккима имеет не меньшее значение, чем упоминавшиеся ранее Хайдарабад, Джунагад и Кашмир. О возникновении нации в виде ограниченной территории, флага и гимна упоминалось ранее, однако концепция такого рода государственности распространилась и закрепилась на западе по всему миру, особенно в колонизированных частях света, таких как Азия, Африка и Америка. Драгоценная концепция получения

---

[28] *https://www.nature.com/articles/550332a*
[29] *https://www.indiatoday.in/opinion-columns/story/narrative-uprooting-idea-of-india-disintegration-1917766-2022-02-25*

права голоса, определения образа правления - это то, что оказывает огромное влияние на то, как будет формироваться мир в послевоенный период. Индия, формирование которой привело к созданию крупнейшей в мире демократии по численности населения, - это всего лишь шаг вперед. Однако конфликт центра и штата в федеративной структуре Индии, когда проблемы внутри штата или между штатами сохраняли нам жизнь как нации, был отвергнут Черчиллем. Время от времени казалось, что пазл вот-вот разобьется на кусочки и разлетится во все стороны, но невидимая сила заботы и нежного, а порой и настойчивого опекунства, подобная двум рукам, которые бережно складывают готовый пазл, предотвращала это. Именно по этой причине Индия считается страной чудес.

# Более 1,4 миллиарда человек, здесь важен размер! а качество не так уж и важно? Как разгадать головоломку 3P+C (бедность, загрязнение окружающей среды и численность населения плюс коррупция) для равноправного роста и развития

В стране с населением в 1,4 миллиарда человек, численность которой растет с каждым днем, идея 3P+C всегда была для нас очень актуальной. Проблема нашей растущей бедности на фоне неравенства - это мучительный вопрос, который мы должны рассмотреть в первую очередь. По правде говоря, идея о том, что неравенство - это нечто большее, чем колониальные времена, которые наступили в последнее время, является позорным свидетельством борцов за свободу и кровопролития за освободительное движение в Индии. Дело не в том, что мы не добились сокращения бедности, и идея крайней бедности не исследуется, но тогда на другом конце спектра возникает вопрос, если Индия действительно растет, почему 800 миллионов человек все еще зависят от бесплатного питания! Это больше, чем все население ЕС и $^{2/3}$ населения США, представьте себе, и это действительно вызывает вопрос, почему после 7 десятилетий независимости мы все еще должны понимать, что проблемы, с которыми мы сталкиваемся, связаны с хронической бедностью. Возвращаясь к теме бедности, можно сказать, что в настоящее время вопросам бедности также присвоен статус многомерной бедности, но есть серьезные вопросы, касающиеся бедности, несмотря на то, что Индия занимает второе место среди стран, которые вывели людей из бедности. Недостаточное распределение ресурсов в стране между слоями населения - это проблема, с которой Индия столкнулась, и ответ лежит как в политических кругах, так и в знаменателе коррупции. В мире много говорят об Индии, о том, что Индия станет третьей по величине страной в мире с точки зрения номинального ВВП, но это не имеет никакого значения, когда деньги распределяются только на самом верху, и даже эффект просачивания в нижнюю часть практически отсутствует. Проблема по-прежнему заключается в том, что люди в Индии в основном по-прежнему бедны, что, возможно, и не характерно для Индии, но встречается практически во всех постколониальных странах[30]. Индии нужно расти, но награда за этот рост должна достаться каждому из них, и пока она остается на бумаге. Действительно, в теории это легче сказать и сделать, чем на практике, но вопросы, связанные с бедностью, - это то, в чем мы как нация до сих пор терпели неудачу. Теперь, когда мы подходим к другой проблеме роста, возникают проблемы загрязнения окружающей среды и изменения климата. Хотя Индия - единственная страна, которая, как говорят, выполнила обязательства, взятые на Парижском саммите по климату в 2016 году. Повышение температуры в городских районах Индии является еще одной серьезной проблемой, поскольку Индия находится в центре спектра рисков, связанных с изменением климата. Проблема загрязнения окружающей среды и бедности связана с "гигантским" населением, по которому Индия занимает первое место, и с огромными проблемами, которые возникают в связи с этим[31]. Дело не в том, что надежды нет, и мы не можем рассуждать негативно, но эти вопросы уместны и уже поднимались ранее. Проблема истощения подземных вод в городе Бангалор, который называют *"Кремниевой долиной Индии"*, напоминает об ужасах, с которыми столкнулся Кейптаун в недалеком прошлом. Таким образом, качество жизни в Индии - это проблема, с которой мы сталкиваемся, и сам по себе исход людей с высоким уровнем чистого дохода, покинувших Индию, является самым высоким. Массовый исход граждан из Индии произошел, несмотря на

---

[30] https://www.bbc.com/news/world-asia-india-68823827
[31] https://m.economictimes.com/news/economy/indicators/india-to-emerge-as-an-economic-superpower-amid-impending-global-economic-landscape/articleshow/110418764.cms

риторику о депонировании мозгов и другую пропаганду, которую мы, возможно, слышали в последнее время в средствах массовой информации. Теперь, если взять контекст загрязнения окружающей среды и численности населения, речь идет о населении, миллионы из которого все еще находятся в маргинальном положении, оставаясь на стороне общества. Возможно, это связано с тем, что у нас, в Индии, где мы гордимся своей прошлой цивилизацией и славой, концепция неравенства была нормализована в течение длительного периода времени. Доиндустриальная эпоха Индии, когда религия и карма были основной частью дискурса индийского общества, нормализовала бедность с точки зрения грехов прошлой жизни. Экономический подход Ганди также был менее ориентирован на материализм и индустриализацию, уделяя особое внимание развитию мелкомасштабной промышленности с точки зрения текстильного производства с помощью колеса (Чаркха[32]). У этого есть свои минусы, поскольку это действительно связано с душой, но мы отстаем в развитии тяжелой индустриализации и производственного сектора, что привело к серьезному кризису занятости, который за последнее десятилетие только усугубился, не говоря уже об инфляционном давлении, поскольку мы говорим о том, что являемся мировой державой в наше время.

---

[32] *https://www.newindianexpress.com/web-only/2023/Oct/14/welfare-of-all-rather-than-profit-for-a-few-why-gandhian-ideas-can-still-guide-economic-policies-2623932.html*

## Мы вышли в космос из страны коров благодаря храбрости немногих, и куда мы направляемся дальше в технократическом мире?

В стране Индия, где книги таких авторов, как Байшам "**Чудо, которым была Индия**" или В.С. Найпол "**Раненая цивилизация**", рассказывают о славном прошлом и о том, как мы деградировали, в то время как такие книги, как "**Бабье лето**" и "**Свергнутый** с престола", в блестящих деталях объясняют, как страна Индии Индия оказалась практически неуправляемой и была возвращена в том виде, в каком она была на той территории, которую мы знали до колониального правления или империализации. Даже работы Далримпла были сосредоточены на нюансах истории Великих Моголов и британского владычества, где акцент на будущем и возрождении не был основной темой. Это было описано в книгах *г-на Нилекани, Шаши Тхарура, С. Джайшанкара, доктора Калама* и других. Теперь, если читатели задаются вопросом, является ли это списком книг для чтения или новой главой. Держись! Прогресс Индии в прошлом, возможно, был недостаточно хорошо задокументирован, особенно древние знания, которые были утрачены в ходе игры в цивилизацию и завоевания. Всегда возникает вопрос, как быть с научной работой, в которой знания и наука доколониальных и колониальных времен могут дать нам представление о нашем путешествии в современную эпоху, особенно в области космоса, медицины, информации или нанотехнологий[33]. Что касается производства электроники и микросхем, то Индия отстает от Китая, Японии и Южной Кореи, которые продемонстрировали альтернативу Западу. Дело не в том, что Индия не может или не имеет потенциала или возможностей производить такие товары, как телевизоры, стиральные машины и т.д., под индийскими

---

[33] *https://www.news18.com/opinion/opinion-igniting-indias-job-engine-the-untapped-potential-of-manufacturing-8948962.html*

торговыми марками. Однако успех *Onida, BPL, Videocon*, казалось, сошел на нет, поскольку неиндийские мировые гиганты захватили долю рынка. Та же история касается и индустрии мобильных устройств, где **M.I.L.K. (Micromax, Intex, Lava, Karbonn)** потерпели крах из-за нашествия китайских мобильных телефонов, и даже в производстве полупроводников мы сделали первые шаги. Нет худа без добра, особенно если учесть систему стимулирования, связанную с производством, и политику, ориентированную на внутреннее производство, что является насущной потребностью в глобальном сценарии 21-го века.[34] Космическое путешествие Индии, которое началось скромно, когда знаменитая фотография нашего бывшего президента А.П.Дж. Калама, несущего ракету на велосипеде для запуска, - это образ, который может вызвать у нас чувство гордости. С этого момента мы стали нацией, которая с первой попытки высадилась на Марсе, и первой страной, высадившейся на южной стороне Луны. Однако как насчет более серьезных проблем, которые стоят перед нами, что свидетельствует о трудностях, с которыми мы сталкиваемся как отдельные люди, а не как нация? Нация может купаться в лучах славы, но система поддержки нашей нации - это то, в чем мы все еще отстаем, а структурные недостатки, выявленные в работах ученых, предназначены только для заполнения библиотек и познавательных дискуссий в модных кафе. Пострадавшие люди или, скорее, класс быдла безразличен к сценарию обрушивающихся на них бед, или, возможно, слезы высохли в лабиринте феодальной политики и коррупции даже сегодня. За все эти годы ситуация не стала такой мрачной, поскольку в таких местах, как ***Калаханди в Одише, Бастар***, последний красный бастион в Чхаттисгархе, появились проблески позитивного оптимизма, несмотря на коррумпированную и кастовую политику, а не развитие, основанное на некотором эффекте просачивания, в таких местах, как *восточная часть США или отдельные районы Бихара. от прогресса в Одише, Мадхья-Прадеше до других штатов, таких как Пенджаб, Западная Бенгалия, Тамилнад* и т.д. В этой стране-мираже, которая складывается как мозаика во всех смыслах этого слова, будь то

---

[34] *https://www.globaltimes.cn/page/202311/1302676.shtml*

географически, культурно или социально, прогресс был иным. Таким образом, идея нации Индии связана с космическими кораблями, а также с базовым количеством продовольствия и медицинским обслуживанием. Индия, страна с крупнейшей продовольственной программой, также страдает от того, что по индексу голода находится ниже Пакистана, и Бангладеш нуждаются в критике, но, тем не менее, к ней нужно относиться со всей серьезностью. Итак, несмотря на все сказанное и сделанное, показатели задержки роста детей, детского труда и соблюдения прав человека в крупнейшей демократической стране мира - это то, что ставит в тупик всех, включая заинтересованных граждан, включая меня. Так за чем же будущее Индии? Не в завоевании космоса или высокого положения в новом мировом порядке, а в поиске решений ключевых и динамичных проблем этой раздробленной нации.

# Мы хотим быть страной молодых стартаперов, но достаточно ли мы для них делаем?

Вопрос и проблема в том, что многие из нас являются кабинетными воинами, в то время как главной задачей и стимулом должны быть действия на поле боя, что легче сказать, чем сделать, когда мы продвигаемся по нашему пути. В стране **Альфа-миллениалов**, которая представляет собой смесь *миллениалов, поколение Z и формирующееся Альфа-поколение*, которые находятся на стыке самой большой демократии в мире и самой густонаселенной страны, обладают потенциалом и властью изменить ход развития мира. Однако демографический дивиденд Индии по-прежнему не позволяет обеспечить подходящими рабочими местами огромное количество людей, у которых навыки и спрос на таланты не совпадают. Это именно та проблема, при разработке политики которой необходимо искать решения, а не просто прописывать проблемы. За последние несколько лет государственная политика и финансирование стартапов изменились, и есть надежда, что создание хорошей экосистемы является ключом к развитию страны, в которой молодежь может играть важную роль. От **Zerodha** до **Agniban**, от финансовых технологий до успеха космических стартапов, есть такие неудачи, как у **Byju**. Однако все это - часть пути, и идея всегда должна быть направлена в будущее. Идея правительства предоставить кредитную программу **Mudra** - это конкретный шаг, который поможет предпринимателям и обладателям амбициозных бизнес-идей добиться успеха. Индийская мечта 21-го века возможна и может стать реальностью, но существуют некоторые структурные недостатки в разработке и реализации политики, начиная с создания системы образования и заканчивая созданием инфраструктуры и реализацией политики, которые необходимо координировать между центром, штатом и на местном уровне. Новая образовательная политика на бумаге отлично подходит для создания новой системы образования, отличающейся от колониального метода Маколеевской "кокосовой" студенческой фабрики³⁵. Система, предназначенная для создания индейцев с коричневой кожей и белыми внутренностями, подходила для британского владычества. В наше время и в соответствии с современными потребностями изменившейся и напористой Индии пришло время сосредоточиться на решениях, в которых динамика искусственного интеллекта, машинного обучения и кодирования - это уже не модные слова, а требования современности для нового общества, ориентированного на молодежь, в котором нуждается Индия. Рост безработицы в Индии за последние два десятилетия был источником беспокойства, поскольку в стране наблюдался рост экономики без соответствующего увеличения занятости. Эта разобщенность, помимо всего прочего, вызывает растущее разочарование, особенно среди молодежи, которая хочет получить работу, обеспечивающую стабильность и целеустремленность. Введение новой схемы, которая заменяет долгосрочную гарантию занятости для лиц, проходящих военную службу, краткосрочными контрактами, только еще больше усилило эти опасения по поводу гарантий занятости и размывания социального контракта между государством и его гражданами ³⁶. Это может нарушить традиционные пути трудоустройства, которые обеспечивали стабильность и патриотизм многим молодым индийцам.

В заключение следует отметить, что для решения этих проблем необходим многогранный подход, такой как экономические реформы, развитие навыков наряду с созданием рабочих мест как в государственных, так и в частных учреждениях. Это должно сопровождаться тщательным пересмотром системы бронирования, чтобы убедиться, что она служит своей первоначальной цели, расширяя возможности малообеспеченных слоев населения, а не используется как

---

³⁵ https://thewire.in/education/lord-macaulay-superior-view-western-hold-back-indian-education-system
³⁶ https://www.businesstoday.in/india/story/former-army-chief-hints-at-badlaav-in-agniveer-scheme-some-changes-could-be-made-after-431439-2024-05-30#:~:text=years%20of%20service.-,Under%20the%20Agnipath%20Scheme%2C%20which%20was%20rolled%20out%20in%20June,that%20has%20upset%20army%20aspirants.

инструмент для достижения политических целей. В течение последних двух десятилетий Индия постоянно обсуждала концепцию **"демографического дивиденда[37]"**, однако растрата ресурсов молодого населения была еще одной проблемой. Понятие *пакетономики, где* продажа оладий также считается занятием, может быть морально правильным, но является ли оно достаточным суждением и оправданием? Это правда, что нигде в мире ни одно правительство не может утверждать, что все 100 процентов населения занято, потому что занятость - это не только возможности, но и в равной степени люди или человеческие ресурсы, которые хотят получить работу, и те, кто может создать рабочие места. Это означает, что те, кто владеет капиталом или/и бизнес-идеями и может предоставить возможности для использования имеющихся ресурсов. Индия столкнулась с этой своеобразной проблемой экономического роста в условиях инфляции, что является экономически логичным, но без соответствующих возможностей трудоустройства, что кажется нелогичным. Таким образом, идея роста безработицы была актуальной в течение последних двух десятилетий, и, похоже, она становится все более актуальной, когда такие программы, как *Agniveer*, заменяют гарантию долгосрочной занятости, которая предоставляется на службе в вооруженных силах, хотя и сопряжена с риском, трудностями и долей патриотизма. Резервация во имя политики, которая должна была стать способом для маргинализированных слоев населения, теперь стала предохранительным клапаном для банка голосов, где новые касты и подкасты ищут резервации, чтобы присоединиться к борьбе. Верхний предел 50-процентного резервирования, установленный рекомендацией Indra Sawhney case, уже был нарушен, и появилась еще одна "глазурь на торте" в виде "Экономически более слабого сегмента", параметры которого определены нечетко. Затем встает вопрос о резервировании для других отсталых классов, будь то для сливочных или не сливочных слоев пирога резервирования, и не стоит забывать о политике банка с правом голоса меньшинства. В этих

---

[37] *https://www.livemint.com/economy/ageing-population-a-structural-challenge-for-asia-india-s-demographic-dividend-to-dwindle-adb-11714637750508.html*

политических играх упор на создание рабочих мест, будь то с помощью программы **"Прадхан Мантри Каушал Викас Йоджана"** в форме ученичества или расширения производства с помощью системы стимулирования производства электронного оборудования по схеме *"Сделано в Индии"*, по-прежнему остается под вопросом. Поэтому нынешнему правительству необходимо найти выход на долгосрочную перспективу. В Индии вопрос о резервировании жилья для других отсталых классов, включающих как "сливочные", так и "не-сливочные" слои, является сложным политическим вопросом. Целью этой политики является достижение социальной справедливости и экономической эмансипации, но ее реализация часто осложнялась политикой банка "Голос" в ущерб созданию рабочих мест и инклюзивному экономическому росту. Инициативы нынешнего правительства, такие как программа Прадхана Мантри Каушала Викаса Йоджаны (PMKVY) по повышению квалификации и стимулированию производства (PLI) для электронного производства в рамках Make in India, являются некоторыми политическими мерами, направленными на решение проблем безработицы и экономическое развитие[38]. Однако прогресс на этих фронтах остается медленным из-за политического сценария в Индии, который имеет свои сложности в этой разнообразной демократической стране мира.

---

[38] *https://www.business-standard.com/industry/news/with-geo-political-concerns-engg-firms-nudge-suppliers-to-make-in-india-124063000283_1.html*

# Роти, капда, макаан (Еда, одежда, кров) и всеобщее здравоохранение и образование по-прежнему остаются за Дхарамом, Джати и Дешбхакти (религия, каста и национализм), за Ватаном, Варди и Замиром (Нация, униформа и совесть).

На стенах нашего нового парламента изображен **"Акханд Бхарат"** [39], или неделимый Индийский субконтинент, где все народы Южной Азии являются частью великой Индии. Нация разделилась на две части - Пенджаб и Бенгалию, обе из которых, если бы "Юнайтед" остался в Индии или если бы они сами определили свою судьбу, создав разные нации, могли бы пойти по другому пути. Индия - чудесная нация, которую многие западные комментаторы и даже Черчилль называли миражом, отвергая идею Индии и ее стремления к независимости, приравнивая эту нацию к воображаемой, как экватор. Политика Индии даже после 200 лет неумелого колониального правления состояла из нескольких шагов, достаточно простых и необходимых, чтобы сохранить верховенство в стране, где, несмотря на малочисленность, они могли удержать Индию с помощью индийцев. За годы до европейской колонизации, в более позднюю эпоху Великих Моголов или в Делийский султанат до этого, и даже в султанат маратхов, Раджпутов, Бенгальский султанат - все они имели свой собственный стиль и исполнение планов, некоторые из которых могут быть произвольными и лишенными соблюдения правил, которые,

---

[39] *"Мы в опасности, спасите нас...", Пакистан нервничает, увидев фреску "Акханд Бхарат" в новом парламенте Индии - Видео The Economic Times | ET Now (indiatimes.com)*

возможно, были предложены в вестернах. Это никоим образом не означает, что не существовало системы управления, городского и сельского планирования, землеустройства, суда, а также администрации, которая была бы в основном феодальной, но не лишенной изощренности. Можно сказать, что большинство неоколониальных стран адаптировались к стилю колонизаторов, в то время как племена или коренные народы остались там, где они были, за исключением того факта, что они потеряли контроль над ресурсами. К сожалению, в Индии до и после обретения независимости политика кастовости, резервации и *роти-капда-макаан (еда, одежда и кров) аур гариби хатао (искоренение бедности)[40]* за последние несколько десятилетий осталась в силе, но изменилась в сторону освобождения. Это правда, что контекст и ситуация с измерением бедности в Индии, где когда-то широко распространялись порнография о бедности и туризм о бедности из-за того, что жители Запада и западные СМИ пренебрегали их бедственным положением, также медленно, но динамично меняются. Все требует времени, как и Индия, хотя многие страны, хотя и меньшие по размеру и даже по численности населения, такие как Южная Корея, Тайвань, Сингапур и т.д., показали путь. Индия - это чудо человеческой цивилизации,[41] созданное меланжем как страна. Это правда, что эта нация выпустила такие книги, как "Страна идиотов", и это та же самая нация, которая создала невероятные истории успеха. Проблема Индии заключается в населении, где большинство из них все еще полуобразованы, необразованны, шумят в социальных сетях, а могут и не шуметь, или же образованные люди находятся в своей собственной башне из слоновой кости или, возможно, не заинтересованы быть частью проблемы уничижительного термина, используемого для определения **"класса крупного рогатого скота".**. Идея о том, что каждый гражданин должен получать достойную жизнь, - это то, что определяет и отличает Индию от других стран, и, поскольку Индия является самой густонаселенной страной в мире, перед ней

---

[40] *Гариби хатао' - игра чисел (deccanherald.com)*
[41] *Выживание Индии как единой нации в течение 70 лет - это чудо: Рамачандра Гуха (business-standard.com)*

стоит сложная задача. Может ли Индия сделать это, и если да, то через сколько лет или в какие сроки? С одной стороны, есть такие книги, как *"как Индия подвела своих граждан"*, а с другой - замечательные разработки и реализация политики, такие как *"Цель в 3 миллиарда"* покойного президента д-ра А.П.Дж. Абдула Калама Азада или "Цифровая технологическая революция в Индии" Нандана Нилекани, помимо Бимала Джалана и многих других. там есть и другие. Ответ, вероятно, лежит где-то посередине, что, как мне показалось, Рагурам Раджан, несмотря на то, что его троллили за то, что он был индийским экономистом-нерезидентом, запечатлел в своей последней книге. Также отмечу, что Абхиджит Банерджи и Амартия Сен, два бенгальских экономиста, получившие Нобелевскую премию, которые в настоящее время являются гражданами США, проводят свою экономическую политику, по иронии судьбы, в Бенгалии, которая сама с момента обретения независимости находится на грани постоянной деиндустриализации. Индии необходимо обратить внимание и определить свою политику в отношении отсталой восточной части Индии и северо-востока Индии, где, несмотря на прискорбные инциденты с этническими конфликтами в таких местах, как Манипур, в последнее время все еще наблюдается активная государственная политика социально-экономического развития. Когда-то **БИМАРУ (Бихар, Мадхья-Прадеш, Раджастхан, Одиша, Уттар-Прадеш)** породил новых звезд, таких как Одиша, Уттар-Прадеш и даже в некоторой степени Мадхья-Прадеш и Раджастхан. Концепция простой ликвидации бедности - это не решение, но как? Это могла бы быть небольшая группа самопомощи, ориентированная на модель Одиши, модель социального обеспечения Кералы, финансируемая из средств Персидского залива, капиталистическая модель Гуджарата, все, что работает на адаптивный успех, более чем приветствуется в этой новой Индии без Ганди.

# Вывод

*П.Б. Чакраборти был председателем Верховного суда Калькутты, а также исполняющим обязанности губернатора Западной Бенгалии. Он написал письмо издателю книги Р.К. Маджумдара "История Бенгалии". В этом письме Верховный судья писал: "Когда я был исполняющим обязанности губернатора, лорд Эттли, который дал нам независимость, отменив британское правление в Индии, провел два дня во дворце губернатора в Калькутте во время своего турне по Индии. В то время у нас с ним состоялся продолжительный разговор о реальных факторах, побудивших британцев покинуть Индию".* Чакраборти добавляет: *"Мой прямой вопрос Эттли заключался в том, что, поскольку движение Ганди "Уходи из Индии" прекратилось довольно давно, а в 1947 году не возникло такой новой непреодолимой ситуации, которая потребовала бы поспешного ухода британцев, почему они были вынуждены уйти?" "В своем ответе Эттли привел несколько причин, главной из которых является снижение лояльности к британской короне среди личного состава индийской армии и военно-морского флота в результате военной деятельности Нетаджи"*, - говорит судья Чакраборти. Но это еще не все. Чакраборти добавляет: *"Ближе к концу нашей беседы я спросил Эттли, в какой степени Ганди повлиял на решение британцев покинуть Индию. Услышав этот вопрос, губы Эттли искривились в саркастической улыбке, когда он медленно, словно пережевывая слово, произнес: "м-и-н-и-м-а-л".*

Ганди был противоречивым и ущербным человеком, как и любой другой человек, хотя он и хотел быть морально возвышенным защитником масс. Его можно назвать наивным, тем, кому не хватало самоуверенности, и даже его так называемые пороки, которые он признал в своей собственной книге, за исключением расовой принадлежности, могут быть поставлены под сомнение в его ранней жизни. Тем не менее, несмотря на критику, именно Нетаджи присвоил ему почетное звание **"Отец нации"**, не признанное *Правом на информационный* ответ. Тот же самый человек, которому Ганди сделал замечание, дал ему этот титул, а

Тагор назвал его "**Махатмой**". О том, кем он был, можно было спрашивать по-разному, и отвечать на него можно было по-разному, будь то критик или никто, но этот культовый человек из плоти и крови все еще сохранял свой уникальный след, о котором **Эйнштейн** заметил: *"Грядущие поколения вряд ли поверят, что такой человек из плоти и крови когда-либо ходил по этой земле. (сказано о Махатме Ганди)"*

www.ingramcontent.com/pod-product-compliance
Lightning Source LLC
LaVergne TN
LVHW041538070526
838199LV00046B/1726